A Música das Esferas

Luiz Paulo Horta

A Música das Esferas
CRÔNICA DOS ANOS 90

Jorge Zahar Editor
Rio de Janeiro

Copyright © 1999, Luiz Paulo Horta

Todos os direitos reservados
A reprodução não-autorizada desta publicação, no todo,
ou em parte, constitui violação do copyright. (Lei 5.988)

1999
Direitos para esta edição contratados com:
Jorge Zahar Editor Ltda.
rua México 31 sobreloja
20031-144 Rio de Janeiro, RJ
tel.: (21) 240-0266 / fax: (21) 262-5123
e-mail: jze@zahar.com.br

Capa: Carol Sá

CIP-Brasil. Catalogação-na-fonte
Sindicato Nacional dos Editores de Livros, RJ

H811m	Horta, Luiz Paulo
	A música das esferas: crônica dos anos 90/Luiz Paulo Horta. — Rio de Janeiro: Jorge Zahar Ed., 1999
	Artigos publicados na página de Opinião do jornal O Globo, de 1991 a 1998
	ISBN 85-7110-522-7
	1. Crônica brasileira. I. Título.
99-1291	CDD 869.98
	CDU 869.0(81)-8

Sumário

Apresentação   7
Ritos de passagem 10
O professor Merquior 13
Villa-Lobos, quem foi mesmo? 16
Do fundo do abismo 19
Uma falha geológica 22
Vozes do Leste 25
Um antigo mistério 28
A bruxa do Tablado 31
À sombra das bananeiras 34
Fios de história 37
Messiaen e a Rio-92 39
Linhas divergentes 42
A era do vídeo 45
As jóias da coroa 48
Crescer ou não crescer? 51
Perfis literários de Chesterton 54
A tentação da cicuta 56
Conversa de bruxos 59
Choro de violoncelo 62
Sonhos bolivarianos 64
Brinquedos proibidos 67
A era teocrática 69
Réquiem para Gorbatchov 72
O anel do Pescador 75

A invenção da modernidade 78
De vitórias e derrotas 80
Uma aula de Stravinsky 83
O poder da treva 86
Na República da Padânia 89
Vícios nossos de cada dia 92
Variações sobre Mozart 95
A descoberta do outro 99
A luz escondida 103
Explorações bíblicas 106
Poética da revolução 109
Preocupações familiares 112
As memórias de Schmidt 115
Histórias trágico-marítimas 118
Oficinas da criação 121
A mágica dos limites 123

Apresentação

Os artigos aqui reproduzidos foram todos publicados na página de Opinião do jornal *O Globo*, de 1991 a 1998. Uma redação de jornal é um lugar curioso para se ver passar a realidade. A carga de adrenalina, ali, é permanente. Além disso, é um dos raros lugares onde os pedaços do mundo convivem diariamente. E o mesmo se pode dizer do produto — o que talvez garanta a sobrevivência da imprensa escrita face ao seu último desafiante: a Internet. Mas nem na redação de jornal se pode ter a certeza de entender realmente o que está acontecendo. Como disse Goethe, com a sua usual clarividência, somos observadores envolvidos com nossa época, o que turva um pouco a visão; e também somos afetados pelo "espírito do tempo", o *Zeitgeist*, que responde por uma outra distorção de perspectiva.

O que sobra? Aparentemente, imagens setoriais, de que é feito este livro. Mas, como animais das profundezas, sempre podemos espichar as antenas e tentar adivinhar o que vem pela frente — exercício a que nenhuma época se furtou. Ao lado disso, há uma cor específica para os finais de século, um parentesco entre essas épocas, à medida que se vai encerrando um ciclo. Este foi, como já se observou, um século que acabou mais cedo, a partir dos dramáticos acontecimentos de 1989-1991. O que veio depois foi como uma extensa coda. Como o século também começou atrasado — precisamente quando soaram os primeiros canhões de 1914 —, tivemos a experiência de uma aceleração histórica; e quando essa mola finalmente se rompeu, em 1989, ficou a impressão de um longo movimento final.

Ficou também um vazio — porque a guerra (felizmente não declarada) entre sistemas conflitantes tinha enchido o século de som e fúria. Não havendo mais isso, a impressão é de que acabou um mundo e ainda não começou outro. Nesse imenso espaço aberto, a religião (ou as religiões) recuperou prestígio. Isso lembra muito o final do século XIX, quando todo o mundo (até mesmo Eça de Queiroz) parecia entender de religiões orientais. Mas a situação agora é diferente, porque o homem de hoje está realmente à procura de um mito, de uma idéia-força que dê sentido aos acontecimentos. Houve quem achasse que esse mito era o marxismo — e Sartre cunhou a famosa frase: "O marxismo é a insuperável filosofia do nosso tempo." Mas a queda fragorosa dos sistemas apoiados nessa idéia não deixa muito espaço para dúvidas. Tentando superar o capitalismo, o marxismo apresentou uma proposta que — como o capitalismo — apostava tudo na economia. O resultado foi um sistema no qual o ser humano não conseguia se encontrar; em que a burocracia estatal foi levada a uma verdadeira apoteose. Quando alguém sacudiu a árvore, as folhas estavam secas.

Aparecerá outro mito? Ninguém sabe dizer. O que a experiência mostra, entretanto, é que os mitos inventados pelo homem são pouco duradouros, como os criados pelo século XIX: o progresso, a ciência. A origem dos mitos é outra. Eles vêm de regiões que nós não dominamos, tendo regras de crescimento e afirmação próprias. Um fenômeno contemporâneo, por exemplo, é a ressurreição do islamismo, que parecia sepultado por dois séculos de colonialismo. Um outro é o da reaparição dos nacionalismos, como resposta ao caráter impessoal da globalização.

Sonos prolongados às vezes resultam num despertar tumultuoso. Foi o que se viu na antiga Iugoslávia, quando todos já tinham se esquecido de denominações como Sérvia, Bósnia, Montenegro. O nacionalismo é a febre das nacionalidades. O fundamentalismo será a febre do sentimento religioso? Foi o que muita gente quis concluir, quando os aiatolás instalaram uma teocracia nos territórios que o xá do Irã tentara modernizar. Ninguém sabe como será o diálogo entre esse novo Islã e o mundo moderno. Aparentemente, há aí uma contradição gritante, já que, nos países muçulmanos, o Alcorão é muito mais que um sistema religioso: é também código civil, código penal, tudo ao mesmo tempo. A movimentação da juventude iraniana indica que, em algum momento, vai ser preciso chegar a um compromisso. Não se faz mais uma teocracia à antiga quando a Internet estende seus tentáculos por dentro das casas. Mas se a teocracia pode ser inviável, também é verdade que a humanidade, num momento de dúvida, redescobre a validade dos seus textos mais antigos.

Característico disso é o modo como o mundo católico reencontrou a Bíblia. A Bíblia, no universo cristão, era quase um território reservado aos protestantes. Os católicos diziam que, se existia o catecismo, para quê quebrar a cabeça com textos às vezes muito difíceis e certamente muito antigos. Esse padrão não existe mais. Também os católicos saíram "à procura das origens" — e talvez seja essa busca que explique a irradiação extraordinária de uma figura como a de João Paulo II. Quem quer que tenha lido a biografia de Karol Wojtyla, escrita por Carl Bernstein e Marco Politti ("Sua Santidade", na edição brasileira) encontrou ali, muito mais que a história de um homem, o "avesso da história contemporânea" que fascinava Balzac; um choque de sistemas onde o aparentemente moderno cedeu a vez ao que tinha raízes milenares. Nesse contraponto entre antigas crenças e a realidade moderna está sendo trançado o estofo que deve predominar no início do novo século.

Ritos de passagem

Singular mudança de clima, a desta passagem de ano. É como se todos os gritos se transformassem em sussurros; e, de um momento para o outro, ninguém parece ter mais certeza de nada. O presidente proclama a sua confiança no que vem por aí; mas a ministra da Economia deixa de fazer prognósticos quanto à queda da inflação: esse fenômeno memorável, se vier, virá quando for possível; nem antes, nem depois.

Sosseguem: não é um fenômeno apenas brasileiro. Um articulista no *Time* propõe, como características básicas da década que ainda está começando, "moderação, sobriedade, contenção"; e, como título geral para o período, "os nervosos anos 90", que vêm suceder aos excitados anos 80.

É assim que costuma ser nos fins de século (para não falar no milênio). É mais ou menos como o fim de um dia bonito no interior: de repente, há uma certa voluptuosidade em sentir o avanço das sombras; a desconfiança de que é hora de parar para um balanço — ou, simplesmente, para descansar.

Todo *fin-de-siècle* costuma vir acompanhado dessa "queda de asa" (ou, pelo menos, foi assim no último; o penúltimo estava ocupado com a Revolução Francesa). As certezas se esbatem; e à religião única sucedem miríades de seitas. Como agora.

Ninguém pensava, claro, que o governo Collor ia ceder tão depressa ao demônio insidioso da dúvida. O presidente empossado era a própria imagem das afirmações peremptórias. A inflação ia morrer com um tiro na testa. O país entraria de rijo na economia de mercado, espantando os fantasmas do passado. As oposições, se as houvesse, não teriam condições de tugir nem mugir.

Agora, o que se promete é um ano "suportável". Não há nada de mal nisso; até pelo contrário. Um governo mortificado por algumas dúvidas e outros tantos percalços terá melhores condições de conversar com os interlocutores válidos — providência que, hoje, parece gozar de uma certa unanimidade entre os conselheiros políticos.

A surpresa vem de que, já há alguns anos, abusávamos do dó de peito. Jango ia fazer as "reformas de base". Jânio veio de vassoura em riste. Os militares foram ainda mais longe, com a obsessão do "Brasil potência". E o presidente Sarney acabou tomando o mesmo caminho, com os seus "pacotes" econômicos acompanhados de banda de música e invectivas aos brasileiros e brasileiras. Era a transposição, para a política, da euforia ciclotímica que costuma presidir às nossas relações com o futebol. Só se admitia o máximo; menos que isso era vergonha, frustração, desencanto.

De tão acostumados com esse berreiro, esquecemos uma outra tradição da política brasileira — que, até prova em contrário, foi a que rendeu melhores resultados. Se você quiser reconciliar-se com ela, aproveite um fim de semana mais longo e dê um pulo a Diamantina.

Não é uma Ouro Preto. Falta-lhe a suntuosidade de uma ex-capital de província. A praça da matriz é dominada por uma igreja de estilo eclético, não especialmente bonita; a Câmara é modesta, os museus também. Mas ali, no aconchego das montanhas, há um enigma que mexe com a alma brasileira. Há uma união misteriosa entre a paisagem e o homem; uma intimidade tocante entre os campanários das igrejas barrocas, tão esbeltos e elegantes, os morros pedregosos e aquelas criaturas que atravessam as vielas ou ruas mais largas educadamente, sem apressar o passo, combinando um cotidiano sóbrio com uma irreprimível vocação para a seresta. De Diamantina veio Juscelino, este sedutor da alma brasileira. Lá está ele, muito ancho, em estátua de bronze que é bastante fiel.

Juscelino também gostava de manchetes, dos "50 anos em 5". A construção de Brasília teve muito mais de audácia ou de megalomania do que de projeto racional. Mas ele sabia fazer política, no sentido de que sabia conversar.

Dizem que esse tom coloquial sumiu também das Minas, com o tonitruante Garcia que antecedeu e sucedeu ao paquidérmico Cardoso.

Mas não prestou Tancredo Neves um recentíssimo serviço à República, que culminou em martírio à moda de Tiradentes?

Olhem em volta: Brizola e Collor, quem diria, ensaiando um diálogo; Quércia posando de Arlequim, com um sotaque matuto, e as orelhas espichadas para o que diz e pensa o povão.

Não é um mau começo de ano. É verdade que as dificuldades estão todas aí; que o quadro social brasileiro leva um Hélio Jaguaribe às denúncias mais justamente estentóreas. Mas se todos gritarem, não há conversa; e aí fica tudo por conta da revolução.

Este foi o século da Revolução. Um dos motivos para a sobriedade que promete dominar a década é a necessidade de fazer um balanço do que aconteceu a esse mito. O balanço, até agora, não é muito favorável.

janeiro 1991

O professor Merquior

Ver partir tão cedo um José Guilherme Merquior dá vontade de ler coisas amargas no *Eclesiastes*. "Apliquei o coração a esquadrinhar e a informar-me com sabedoria de tudo quanto sucede debaixo do céu; este enfadonho trabalho impôs Deus aos filhos dos homens, para nele os afligir. Atentei para todas as coisas que se fazem debaixo do sol, e eis que tudo era vaidade e correr atrás do vento."

O atentíssimo olhar de Merquior esquadrinhava tudo: discernia fortalezas carunchosas à direita e à esquerda. Mas ele não parece ter caído no desencanto do Pregador: livro se seguia a livro, como se nunca faltasse assunto, nem terreno virgem a explorar.

Essa fúria de trabalho dá o que pensar. Não será o caso de que cada ser vivo tem dentro de si mais ou menos inscrito o ciclo vital que lhe coube por partilha dos deuses? Por que é que Merquior começou a ler tão cedo — e Mozart a compor mal podia alcançar as teclas de um piano?

Essa intuição, obviamente, pode falhar. Quantos e quantos instintos fomos perdendo, à medida que nos aprofundamos na civilização industrial e racionalista... De algumas obras se tem a nítida sensação de que ficaram inacabadas. A de Lima Barreto, por exemplo. Em outras, a velocidade da execução parece compensar os prazos exíguos.

Sempre achei supérfluo ficar imaginando o que Mozart teria feito se não se acabasse aos 35 anos. Ninguém compõe impunemente um catálogo daquele tamanho e daquela qualidade — a não ser que tivesse essência mais que humana.

Não estou comparando Merquior com Mozart; mas o trabalho que o brasileiro deixa feito podia preencher mais de uma vida —

sobretudo pelos padrões da terrinha. Tudo alinhavado a um ritmo de tirar o fôlego — como se houvesse a presciência do que ia acontecer.

Por oposição, em outros artistas, o que se impõe é a consciência da durabilidade, a certeza de que vai haver tempo para tudo. São figuras patriarcais — um Goethe, um Thomas Mann. Neste último, Hitler fez tudo para pôr a mão. Ele não se perturbava; passou para o outro lado do Atlântico; e, nos Estados Unidos, foi pondo uns sobre os outros os tijolos inumeráveis da saga de José. Aos 70 anos, estava no meio do *Doktor Faustus*. À sua filha Erika ele escreveu, em 1948, quando ela completava 43 anos: "Tudo de bom pelos seus 43 anos, mencionados explicitamente e sem o menor eufemismo. Deus do céu, isto não é absolutamente idade, você sabe... Como eu era tolo e incompleto nesse período da minha vida!" Herr Mann, obviamente, exagera, pois aos 28 já tinha escrito os *Buddenbrook*. Mas era assim que ele se sentia, bem dentro da tradição "pedagógica" dos artistas alemães: a vida como um eterno aprendizado.

Merquior também tinha essa vocação pedagógica: passou a vida ensinando, em seus livros. Mas não se limitava a ensinar: como um pequeno Flaubert dos trópicos, ia buscar os lugares-comuns e as idéias feitas nas tocas onde estivessem, para passá-las pela navalha da sua erudição.

O país não se deu conta disso a tempo. Agora que ele está morto, chovem os elogios — com uma ou outra observação mal-humorada de quem não entendeu o espírito da coisa. O país gosta muito de polemistas mortos. Há uma espécie de "Brasil profundo", que simplesmente não gosta da polêmica. São águas fundas da psicologia nacional.

Os povos diferem tanto quanto os indivíduos. Veja-se a língua francesa, saltitante, *pétillante*. Ela é feita para os jogos verbais, para as demonstrações de inteligência. É só começar a falar francês e alguma coisa da verve voltaireana fica fazendo força para vir à tona. Já o alemão não se presta para isso.

Ninguém analisou ainda o português sob esses aspectos. Não somos uma língua internacional, *tout court*. Mas temos muito pouca tradição no debate de idéias. Daí que, quando a conversa é séria, as caras ficam logo vermelhas, incham as veias do pescoço, e a vontade é acachapar o adversário debaixo de dois ou três desaforos.

Nenhuma tradição para a polêmica. Os movimentos de idéias, aqui, são lentos. Não é como em Paris, onde, de cinco em cinco anos (queixava-se Lévi-Strauss), todos tratam de encontrar um novo astro. Aqui, as idéias têm todo o tempo de ficarem velhas e artríticas, antes que alguém conteste seus direitos de cidade.

Daí a coragem quase suicida de Merquior quando andou arrostando quase ao mesmo tempo chavões marxistas e psicanalíticos. Ou talvez não fosse tanto coragem quanto informação e apetite intelectual. Na França dos anos 70, o dogma de Marx já tinha começado a desmoronar enquanto pensadores como André Glucksmann e Bernard-Henry Lévy simplesmente tiravam suas conclusões do que liam no *Arquipélago Gulag* ou no *Primeiro círculo*.

Aqui, todo esse processo foi atrasado pelo ciclo militar — ou pela simples falta de leitura. Foi preciso vir um Merquior, das suas muitas andanças, e avisar que as coisas, lá fora, já eram outras, e que as idéias interessantes tinham mudado de lugar.

janeiro 1991

Villa-Lobos, quem foi mesmo?

O 5 de março, no Rio de Janeiro, é o dia do aniversário de Villa-Lobos. Efemérides não parecem ir muito com o caráter nacional. A memória coletiva é função da cultura. Não estamos acostumados a lembrar — o que traduz um nível incipiente de civilização.

Na Alemanha, o 21 de março é o aniversário de Bach — e nunca passa em brancas nuvens. Pelos mesmos motivos, poderíamos lembrar o 5 de março: Villa-Lobos é o Bach do Brasil, e até alguma coisa mais. Não se limitou a "inventar" a música brasileira (como Bach, em certo sentido, inventou a grande música alemã). Passou para o exterior a idéia de um Brasil que era mais do que uma longínqua referência no mapa. É verdade que a estréia do *Guarani*, em Milão, foi um verdadeiro sucesso; mas ali estava uma ópera composta dentro dos melhores princípios da escola de Verdi. Era exótica por ter sido feita por um "índio" (o descabelado Carlos Gomes dos seus tempos heróicos); mas era "boa" porque estava de acordo com o ideal italiano de ópera.

Villa-Lobos foi para a Europa quebrar padrões — e quebrando padrões é que ele se afirmou: o primeiro artista brasileiro a fazer isso no mundo desenvolvido. É verdade que os anos 20, quando ele foi dar com os costados em Paris, eram mesmo época de rupturas; mas ele não se afirmou com a simples ruptura (nesse caso, seria apenas mais um índio exótico). Afirmou-se porque a sua ruptura apontava caminhos novos; acrescentava realmente alguma coisa ao repertório moderno.

Nas águas de Villa-Lobos, a música brasileira é hoje uma exuberante realidade nacional e internacional. Nem sempre nos damos conta disso. Metidos no "ano cinzento" que nos prometeram para 91, tendemos a ignorar até mesmo o que está debaixo do nosso nariz. Essa perspectiva nevoenta transpareceu no debate com que o Museu Villa-Lobos homenageou, dia 5, o aniversariante e patrono. A questão era: "existe educação musical no Brasil?"

Muita gente opinou que não: faltam professores treinados, faltam instrumentos, faltam salas de aula devidamente equipadas. O professor Ian Guest, húngaro radicado no Brasil, especializado no ensino informal, optou por uma abordagem diferente. Ele contou que trabalhara, aqui, com músicos extraordinários, que sabiam tudo de música, e a quem ele tinha apenas de explicar "o que é que eles estavam fazendo". Eles já sabiam; só não conseguiam dar nome aos bois.

É um exemplo típico do empirismo brasileiro. A professora Cecília Conde adotou um enfoque parecido: contou suas experiências com a música do povo, e de como encontrou, numa escola de samba relativamente modesta, 21 compositores que sabiam escrever os seus sambas, cercados de milhões de dançarinos e cantores.

É a educação informal em pleno desenvolvimento. Isso vale para o povo e para níveis mais elevados. Antônio Carlos Jobim chegou ao seu personalíssimo estilo melódico e harmônico pelo método da experimentação contínua. Por esse caminho, tornou-se um clássico brasileiro e internacional, estudado em escolas americanas.

Se temos músicos tão bons, e tantos, o que é que falta ao nosso processo pedagógico? Talvez nada mais do que abrir os olhos para o que está a sua volta.

Qual é a realidade, vista bem de frente? Um fabuloso movimento musical que vem de baixo para cima, que já produz frutos generosos, e, lá no alto, uma elite culta que tem acesso à música clássica. O que é que falta? Falta fazer a junção de uma coisa com a outra.

Villa-Lobos é Villa-Lobos exatamente porque fez isso. Músico carioca por excelência (e só por essa razão o 5 de março já mereceria festa), cresceu no período em que o Rio explodia artisticamente na música dos "chorões" — o tronco de raízes fundas que ia produzir Pixinguinha, Jacob do Bandolim e até Radamés Gnattali (que também "jogava em outras posições"). Ele misturou-se aos "chorões", aprendeu com eles (a famosa educação informal). Por sua conta, estudou também tratados de composição no estilo clássico, as óperas de Wagner e Puccini, e, sobretudo, o seu amadíssimo Bach.

Isso trouxe pelo menos dois resultados notáveis: a série das *Bachianas*, em que Villa-Lobos dialoga com o *kantor* de Leipzig, e a série dos *Choros*, síntese notável da seiva popular com a capacidade de elaboração que é característica das elites.

A educação musical, no Brasil, teria de ser um modo de pôr em contato essas duas vertentes — a riqueza tumultuosa que vem de baixo e a capacidade de sintonizar com a grande arte universal. Os "eruditos" trabalham só a segunda vertente; os populistas ficam com a primeira. O resíduo dessa esquizofrenia é o que impede o Brasil de descobrir o seu próprio tesouro musical. Como também outros tesouros.

março 1991

Do fundo do abismo

Páscoa: domingo da Ressurreição. Para os católicos, é a culminação de toda a liturgia. O Cristo sai do sepulcro, começa uma outra vida, valorizada pelo fato de que ela emerge do ventre da morte. É a vitória da vida sobre a morte.

Não é um simbolismo apenas católico. Está, aliás, no Velho Testamento — isto é, vem do judaísmo: o profeta Jonas é devorado pela baleia, numa viagem onde as suas faltas são descobertas. Depois de três dias no ventre da baleia, no mais fundo da escuridão, ele é jogado às praias da Assíria. Vai até Nínive, onde começa a sua nova vida — a vida que partiu da escuridão total. A experiência de Jonas sempre foi interpretada como uma prefiguração da do Cristo.

Este ano, a Páscoa judaica — Pessach — coincidiu com a Sexta-Feira Santa, que é o início da Páscoa dos cristãos. Há quem diga que uma não tem nada a ver com a outra. Tem até bastante.

O Pessach (Travessia) é a passagem para além do Mar Vermelho — passagem da morte no Egito para a vida na Terra Prometida. O sepulcro onde o Cristo é colocado significa essa mesma Passagem — a escuridão no ventre da baleia. Da mesma forma, o grão germina na escuridão da terra; e "se o grão não morre", diz o Evangelho, "fica sozinho". Mas se morre, produz muitos frutos.

Como terá sido o Pessach em Israel, este ano? Há uma leve perspectiva de paz, ou de avanço político. Mas, para isso, seria preciso que judeus e árabes cedessem um pouco. Se ninguém cede, fica-se no mesmo lugar. E esse imobilismo significa a morte.

Os judeus apóiam o seu direito à Terra de Israel numa história muito antiga — que é a história bíblica. E também, é claro, nas famílias que, desde o fim do século passado, começaram a repovoar a Palestina.

Mas a imigração começou porque havia uma história antiga exercendo o seu fascínio. Se não existe mais essa história, tudo se resume a um mandato da ONU. Que pode ser discutido interminavelmente.

O enigma de Israel é esse cruzamento entre o novo e o antigo. Uma das pontas da civilização ocidental — o que se poderia chamar de Extremo Ocidente — tem como raiz a história mais antiga do Ocidente.

O Estado de Israel professa a sua laicidade. O *establishment* religioso de Israel abrange o que há de mais arcaico, um verdadeiro *fundamentalismo* ocidental. Sem essa dimensão religiosa, o que seria Israel? Apenas um nome? Não será por causa dessa percepção que os partidos religiosos sempre conseguem enfiar a sua cunha no jogo político israelense — e, muitas vezes, impedir qualquer progresso?

A religião misturada com a política é fonte permanente de intolerância. A Igreja católica conheceu esse drama nos idos da Idade Média. Foi a conjunção de poder temporal e poder religioso que produziu o fenômeno (ainda hoje perturbador para os próprios católicos) da Inquisição.

No mundo árabe, essa fusão ocorreu em grau agudo no Irã de Khomeini. Sabe-se o que aconteceu. Até mesmo no Irã, trata-se hoje de diferenciar um pouco as coisas, para que o país possa caminhar.

Em Israel, os *ortodoxos* não aceitam a separação, e apedrejam os carros que circulam em dia de sábado.

Mas há outros tipos de judaísmo — como a vertente hassídica, tão bem expostas e historiada pelo ilustre filósofo que foi Martin Buber.

O hassidismo originou-se de uma imensa decepção, de uma verdadeira tragédia judaica; e talvez por isso seus representantes tendam a uma humildade produtiva, e não a um farisaísmo arrogante.

A história começa com o falso Messias Sabatai Zevi, que apareceu no século XVII em terras do Leste europeu. Sabatai proclamou que ele era o Messias previsto pelas Escrituras. Israel já tinha ouvido esse grito muitas vezes; mas, desta vez, resolveu acreditar, depois de ter consultado, entre outros, os seus sábios de Amsterdã.

Ao anúncio de que o Messias tinha chegado, e era reconhecido pelos Doutores, multidões judaicas partiram na direção do Ungido. Mas Sabatai estava em território otomano. O paxá da região mandou prendê-lo; e, ante a perspectiva de ser mergulhado em azeite fervente, Sabatai renunciou a qualquer pretensão messiânica, e tornou-se serviçal no palácio do paxá.

Israel vacilou com o golpe. Nunca parecia ter descido tão baixo. Dessa escuridão é que nasceu a raiz do hassidismo — uma espiritualidade que parte do dia-a-dia, que procura descobrir no que há de mais prosaico e mais humilde a centelha escondida do Divino. É uma espiritualidade sem arestas, sem orgulho.

Se o dr. Buber ainda estivesse vivo, e vivendo em Israel, talvez pudesse dizer onde se encontra a centelha de luz na escuridão do Oriente Médio.

março 1991

Uma falha geológica

Enquanto este artigo passa do teclado para a impressora, o fogo do céu pode já ter caído sobre os eslovenos, oficializando a guerra civil. Nunca fui a Iugoslávia; nunca vi as belezas antigas de Dubrovnik, a costa do Adriático — que, do outro lado, é a costa italiana. Quem gosta de história identifica, nesses lugares, o ponto de ignição da Primeira Guerra Mundial, onde o tiro do nacionalista sérvio matou o arquiduque Ferdinando, e lá se foi a Europa *belle époque* abaixo.

Essas lembranças condicionaram a primeira reação européia ao que acontece na Iugoslávia: não, ninguém ia acabar com aquelas fronteiras que custaram tanta preocupação, com a "fábrica de países" que tratou de acertar as conseqüências de 1918. E se a Iugoslávia ia pelos ares, não seria este o sinal para uma corrida cega de todos os nacionalismos, em busca de ressurreição? O que sobra, então, da "Europa federada", da Europa de 92?

Os ânimos, agora, estão mais frios — fora da Iugoslávia. Admite-se que o Exército iugoslavo (o que sobrou da ditadura titoísta) tomou o freio nos dentes, disse, por seus chefes, coisas que não poderia dizer, anunciou como possível, e até desejável, uma guerra de verdade para ensinar os eslovenos a se comportar. Esse assomo de truculência deixou as coisas mais claras; acabou de matar o que restava da velha Iugoslávia. Se houver entendimento, ele terá de ser feito em outras bases.

Com isso, acaba, mesmo, o mundo que emergiu da Primeira Grande Guerra. Ninguém tinha muita confiança naquela construção: a guerra, impensável numa Europa que se julgava tão civilizada, abalara todas as certezas. *Nous autres, civilisations, nous savons désormais que nous sommes mortelles,* escreveu Paul Valéry, num ensaio famoso. Mas cada um fez o melhor que pôde para reedificar a casa comum.

Para os "eslavos do Sul" (que é o que significa Iugoslávia), fazia sentido uma pequena federação de Estados como modo de defender-se dos grandes impérios. Aquele fundo da Europa era o terreno onde se enfrentavam as potências — o Império Austro-Húngaro, de um lado; o Império Otomano, de outro. Que poderiam fazer, contra esses gigantes, países minúsculos como a Sérvia, a Croácia, a Bósnia-Herzegovina, verdadeiros nomes de opereta?

E fez-se a fusão. Mas a costura tinha uma falha: justamente pelo meio da Iugoslávia passa a velha divisão entre dois mundos. A Sérvia viveu, durante séculos, na atmosfera morna de um Império turco já em decadência (não é à-toa que o "banho turco" evoca sensações langorosas; para não falar no harém). A Croácia fizera parte do mundo austro-húngaro. Ali também havia autoritarismo; mas as trocas culturais e humanas eram infinitamente mais dinâmicas.

É essa falha geológica que, agora, está se abrindo (e se a Croácia quer a independência, mais ainda a quer a Eslovênia, pronunciadamente *ocidental*). O que a Europa contempla, com chocante nitidez, é o resultado de se manterem congeladas certas realidades humanas e culturais. Quem sabe se, dadas as condições favoráveis, esses povos distintos — sérvios, croatas, montenegrinos, eslovenos — não teriam acabado por se entender quanto à utilidade de formarem, juntos, uma unidade maior?

Não houve clima para isso. O que houve, mal começavam a esfriar as tensões do conflito mundial, foi a aparição de uma figura estatuesca — Tito — montada no corcel do igualitarismo marxista. Parecia a solução ideal: eliminavam-se todas as diferenças em nome da igualdade entre os homens; e o velho folclore nacionalista cedia lugar ao "internacionalismo proletário".

Isso deu, na Iugoslávia, o que está dando na URSS: derrete-se o gelo, e lá estão os velhos problemas, talvez mais azedos pelo tempo que ficaram guardados. Há um lado positivo nisso, que é a recuperação de riquíssimas tradições européias.

A grande queixa da Europa oriental, com efeito, era a de ter ficado, com a Cortina de Ferro, riscada da vida européia de que se considerava parte. Isso é menos sensível no caso de Belgrado ou de Liubliana. Mas imagine-se uma cidade como Praga, maravilha de arquitetura e de história, considerada simplesmente como um burgo socialista, funcionando à maneira de qualquer outra cidade *proletária*. Praga, que deu a Mozart, com o *Don Giovanni*, o triunfo que Viena lhe negara; Praga, que forneceu o cenário perfeito para a imaginação de Franz Kafka...

É a essa Europa histórica que a Eslovênia quer voltar a se unir. Na Croácia ainda existem 600 mil sérvios, o que mostra como, afinal, existem laços entre os dois povos. Na Eslovênia, não há sérvios, nem croatas. O que a prenderia a uma federação dominada por forças hostis, onde o ranço dos nacionalismos toma conta da casa com a derrubada da ortodoxia marxista?

Nessa ambivalência da idéia nacionalista é que está todo o problema. A Europa desenvolvida, em processo de integração, pagou um preço muito alto pelo que o nacionalismo tem de antiquado e megalômano. As duas guerras deste século foram só a continuação das guerras de Bismarck, das de Napoleão, de Luís XIV, de Carlos V. Por ter sofrido muito é que essa Europa está pronta para ver o nacionalismo sob um outro ângulo. Um francês nunca vai deixar de ser francês, e de enxergar na Notre Dame o ponto de referência do universo; mas ele já sabe muito bem conviver com um alemão, um inglês, um espanhol; sabe que essa convivência é boa para todos.

Na Iugoslávia, como na União Soviética, o nacionalismo acabou de acordar de um sono longuíssimo; está faminto, quer estirar os músculos, fazer prova de força, ousar o que lhe negaram. E talvez por isso os eslovenos, sérvios, croatas, montenegrinos olhem-se hoje com profunda desconfiança. Têm motivos para desconfiar uns dos outros, e para se temerem.

A Comunidade Européia identificou o perigo. Está mais do que disposta a ajudar no que é a primeira crise séria, dentro de suas fronteiras, do pós-Muro de Berlim. Resta saber se haverá tempo para medidas salvadoras; ou se, como na Europa antiga, as dimensões só serão apagadas com muitos baldes de sangue.

julho 1991

Vozes do Leste

Numa cena típica da *perestroika*, as relíquias de São Serafim foram vistas desfilando pelo centro de Moscou nas costas de solenes padres barbados, verdadeiras figuras de Dostoievsky. É a ressurreição do cristianismo ortodoxo, que esteve soterrado durante décadas de dogma leninista.

Os ortodoxos separaram-se do catolicismo romano por volta do ano 1000. Foi um cisma provocado por questiúnculas doutrinárias, mas cujo pano de fundo parece ter sido a velha rivalidade entre Bizâncio e Roma — o "novo" império romano contra o "velho".

Para o catolicismo, foi certamente uma perda. O cristianismo ortodoxo tem um pé nas águas fundas do misticismo. Empobrecida por esse lado, a Igreja romana rendeu-se um pouco à lógica e ao sentido de organização dos romanos da Itália. O racionalismo católico foi tão longe que um bispo da CNBB acaba de declarar que a entidade vai, realmente, dedicar mais atenção às práticas religiosas, mas tomando cuidado para "não cair no misticismo..."

Contra os excessos do racionalismo a Igreja produz os seus santos — ou elege, eventualmente, papas como Pio X ou João Paulo II. Aquele que foi o cardeal Wojtyla andou, recentemente, peregrinando pela sua terra natal. Encontrou um país não só em apuros, como em verdadeira crise de identidade. Empapados de europeísmo, os poloneses contestam tudo — inclusive a simbiose entre catolicismo e identidade nacional. Pode acontecer, em países muito católicos. É o que os freudianos chamariam de "revolta contra o pai". (Moisés teve experiência disso com os seus hebreus.)

Ao seu antigo rebanho, o papa-filósofo que é João Paulo II tentou explicar como vê a história contemporânea. Ele é um firme defensor do sistema democrático. Ninguém é mais moderno do que ele neste sentido. Mas ele quer o sistema permeado por outros valores: família, sindicatos, associações, igrejas, universidades. Ele está falando de um "moderador" cultural que é a própria compensação para o avanço da civilização tecnológica: se o princípio econômico-tecnológico recebe a primazia absoluta, vamos construir sociedades muito avançadas, mas desprovidas de alma.

É uma mensagem bem eslava; uma velha queixa de Dostoievsky, quando ele partiu para os seus primeiros périplos europeus: por mais que se esforçasse, não conseguia gostar de uma Europa onde identificava uma diminuição do homem pela obsessão do dinheiro.

Passaram-se décadas. A Rússia tentou a sua revolução contra o lucro. Desde há pouquíssimo tempo, sabemos o final dessa história. João Paulo viveu tudo isso. Na Polônia oprimida, viu, como os outros, que não se pode abrir mão da liberdade para construir uma sociedade humana. Mas ele quer a liberdade tingida de valores.

É o que dizem os filósofos e os líderes religiosos: a liberdade, deixada a si mesma, pode enlouquecer (Sartre teceu comentários sobre isso).

Na grande encíclica *Centesimus annus*, o papa condicionou a sua adesão ao "livre mercado". Não se trata de fazer limitações ineptas. Não é sonhar com Cuba e com os sandinistas. Há uma Teologia da Libertação que ficou presa a esses modelos. Ela é, hoje, muito mais antiquada do que o papa que ela chama de "reacionário".

João Paulo II já incorporou o veredicto da história. Mas não assina embaixo da liberação total das "forças produtivas". Cada sociedade, diz o papa, tem a sua própria *ecologia* — cultura, *ethos*, história e valores.

O papa fala numa "ecologia humana" — o conhecimento da riqueza que existe num ambiente social, do destino próprio de cada povo, semelhante ao de cada indivíduo. É certo, por exemplo, que a cultura anglo-saxônica tornou-se paradigma de sucesso e de riqueza. Só por isso vamos desistir dos valores de gratuidade e calor humano que são característicos da civilização mediterrânea?

Você pode descobrir a qualidade e a profundidade de uma determinada cultura, diz o papa, observando o que ela produz ou consome. Neste século, ele acha que os povos livres negligenciaram suas responsabilidades quanto à qualidade da atmosfera moral, a "ecologia cultural" em que eles tratam de educar seus filhos e realizar seus destinos de cidadãos livres.

Isto é: a liberdade equacionada com a responsabilidade moral. É uma discussão velha como a Europa. Até a Idade Média, a Igreja tinha a palavra. A Idade Média é um *patchwork* de sombras e luzes. É o tempo de santos extraordinários; e, também, a época em que a Igreja, por ser poder, errou muito como instituição.

A Renascença tomou o aspecto de uma libertação. Mas que a solução não era tão simples, vê-se pela imagem dividida e angustiada do homem barroco. O homem moderno hesitava entre dois caminhos.

Depois, ele enveredou decididamente pela secularização. Com o positivismo e o marxismo, o crepúsculo da Igreja parecia confirmado.

Até que, nesse final de milênio, todas as religiões cobram a sua revanche: o homem não pode viver limitado ao plano econômico, privado de uma dimensão espiritual.

Nesse tropel de afirmações religiosas, o catolicismo parece ameaçado, sobretudo nos países onde era a força dominante. A era é de fragmentação, e tem imenso prazer em afastar-se de caminhos batidos.

Mas a Igreja de Roma não trabalha com a dimensão do instante. Comparando-se um João Paulo II com alguns papas mais antigos, não há por que imaginar que esta cátedra esteja para encerrar o seu magistério.

agosto 1991

Um antigo mistério

A questão Leonardo Boff vai e vem com perfeita regularidade. Seus últimos lances quase coincidem com a viagem do papa ao Brasil. Houve notícias de que o frade franciscano desistira da Teologia da Libertação. Fiéis boffistas apressam-se a corrigir: não, ele não desistiu; o que ele desistiu foi de convencer o Vaticano e os jesuítas (por que os jesuítas?) das suas idéias. Para Boff, o Vaticano, hoje, representa a "Igreja-diabo" que seria oposta ao esclarecimento dos espíritos.

Parece haver, em tudo isso, uma indestrinchável mistura de tragédia e de equívoco. Não vale a pena duvidar da sinceridade do frade de Petrópolis. Por algum motivo, ele foi levado a acreditar que está sendo martirizado pelo Santo Ofício, que é uma espécie de Galileu da teologia.

Ao mesmo tempo, é forçar muito a barra sugerir que ainda estamos na Idade Média, e que o cardeal Ratzinger é a reencarnação do Grande Inquisidor. No Concílio Vaticano II, que é muito recente, a Igreja passou por um ciclo tempestuoso de revisões teológicas e litúrgicas. Quem queria falar, falou; e a capacidade de improvisação teológica foi levada a extremos. Tudo isso se traduzia no rosto angustiado de Paulo VI — que, para alguns, morreu de desgosto.

Depois, foi preciso dar um balanço nas novidades, e recuperar, de algum modo, uma noção de identidade. A Igreja não teria nada a ensinar caso se transformasse num simples campo de experiências intelectuais (ou políticas): ela é *Mater et magistra*, como diz uma encíclica famosa. João Paulo II, no ritmo misterioso que equilibra as figuras dos papas, é um Pontífice especialmente consciente daquela identidade.

É com ela que se choca a Teologia da Libertação em suas vertentes mais ousadas — que, em muitos aspectos, continuam a viver a experimentação total.

O momento é delicado para a Igreja — sobretudo no Brasil. O argumento da autoridade está mais que desgastado, aqui e alhures. Afinal de contas, toda a Idade Moderna foi montada contra ele. Que outra coisa é a Renascença senão a declaração explícita de que a medida do homem é o próprio homem, e que, por causa disso, acabou o *magister dixit*?

Como gostava de dizer Alceu Amoroso Lima, o mundo moderno é filho dos três erres: a Renascença, a Reforma e a Revolução; cada uma delas, em seu próprio campo, um ataque frontal ao dogma, a tudo o que impeça a completa liberdade de movimentos da inteligência humana.

É o espírito moderno — e a Igreja não pode ignorá-lo. Mas no dia em que ela abrir mão da sua própria natureza, comete suicídio. O mistério do catolicismo é que, nesse âmbito, ninguém tem pretensões a *inventar* uma teologia: o católico, para usar de uma metáfora, já encontra pronto o libreto da sua ópera; o que ele pode fazer é cantar melhor ou pior as árias que lhe cabem.

Numa história de dois mil anos, nenhum dos grandes santos da Igreja teve a pretensão de alterar a sua doutrina. Os seus costumes, sim: São Francisco de Assis escolheu a pobreza absoluta para lembrar que o Cristo tinha sido pobre, e que alguém, na Igreja, precisava mostrar que esse caminho de vida espiritual ainda era uma realidade (mas, de maneira característica, ele não disse que o papa devia mudar-se do Vaticano: não se sentia com autoridade para isso). São João da Cruz quase foi morto enquanto tentava reformar os conventos carmelitas, que de conventos já tinham pouco, ou nada. São Vicente de Paulo não poupou palavras duras aos sacerdotes ou religiosos que não viam a miséria do povo de Paris.

Mas na doutrina nenhum deles quis mexer. Não que lhes faltassem luzes: a Igreja também produziu os seus doutores, gente inteligentíssima como São Tomás ou Santo Agostinho. Eles não quiseram contestar a essência (ou até mesmo detalhes) da doutrina; partiram do princípio de que essa doutrina veio do Alto, e de que o seu criador tem um especial prazer em "negar aos sábios e poderosos o que ele entregou aos humildes".

Há, aqui, uma diferença importante entre a linha católica e a linha protestante. As duas se baseiam nos mesmo textos — o que faz com que, em alguns casos, elas caminhem virtualmente lado a lado. É a justificação para tudo o que se tem dito e escrito sobre o ecumenismo — que, naturalmente, precisa começar no âmbito das igrejas cristãs. Mas os protestantes admitem o "livre exame", que vem a dar numa livre interpretação dos textos bíblicos. Por isso é que algumas seitas parecem quase ortodoxas, enquanto outras entregam-se a todo tipo de aventura teológica.

No catolicismo, não há o livre exame. Há, em vez disso, a confiança — que não pode ser isolada da afeição, e até do amor — no depósito doutrinário que foi entregue à sucessão dos papas. Este é o clima do catolicismo: é o mistério católico propriamente dito — de todos os enigmas, certamente o mais difícil para a inteligência moderna, que se constituiu como um desafio a qualquer constrangimento.

Não quer dizer que o católico tenha que parar de pensar, ou que a teologia esteja congelada nos arquivos da escolástica. Mas entre dizer que a teologia (como tudo o mais) é um dom de Deus, ajudado pelo esforço dos homens, e dizer que ela se faz "de baixo para cima", ao saber da *praxis* popular, há uma distância grande demais. É a distância que hoje separa frei Leonardo dos seus supostos algozes romanos.

outubro 1991

A bruxa do Tablado

Este foi um ano difícil de passar (e olhem que ainda não terminou!). Foi a frustração das expectativas boas, e a confirmação das más. A inflação não baixou; uma nuvem de sem-vergonhice difusa espalhou-se pela atmosfera. Roubaram o leite das crianças; picharam o Cristo Redentor.

Bem, quando isso acontece, de duas uma: ou se sai para a rua gritando e atirando pedras, ou se procura um exemplo de que nem tudo está perdido. Um único justo compensa muita coisa ruim.

É uma das histórias famosas da Bíblia: o Senhor estava impaciente com os desmandos de Sodoma e Gomorra, e decidiu que chegara a hora de acabar com essas cidades. Eis que surge Abraão, naquela extraordinária intimidade que os patriarcas mantinham com o Altíssimo, e põe-se a argumentar de um modo que também mostra como é antiga, no Oriente, a instituição da barganha. Quem sabe, diz o pai dos hebreus, existem 50 justos em uma ou outra dessas cidades? E se existissem, a Justiça perfeita os castigaria junto com os devassos? Não seria isto uma negação dessa Justiça?

O Senhor deixa-se convencer: pelos 50 justos, ele pouparia os demais. Abraão volta à carga: e se por acaso faltassem 5 para completar 50? Diz o Senhor: "Eu perdoaria as cidades por causa desses 45." "Talvez só haja 40", prossegue Abraão. E obtém um novo abatimento. "Que o meu Senhor não se irrite", diz o Patriarca, "e me deixe falar. Talvez só haja 30." "Pois bem, eu sustaria o castigo por causa desses 30." "Sei que sou audacioso", insiste Abraão. "Talvez não haja mais que 20." O Senhor concorda com mais esta redução. "Que o meu Senhor não se irrite se eu falo pela última vez: e se fossem apenas dez?" "Por causa desses dez, eu não destruiria as cidades." E a essa altura, para não ceder em tudo, o Senhor se afasta, e deixa ao Patriarca a tarefa de descobrir os dez justos.

Com dez justos (que não apareceram), Abraão teria evitado a liquidação de Sodoma e Gomorra. Quem sabe se, reunindo alguns deles por aqui, não conseguimos formar um patrimônio capaz de equilibrar a massa preocupante da mediocridade e da cupidez?

Quanto a mim, já tenho o meu justo — ou melhor, a minha: Maria Clara Machado, a bruxa (ou a fada) do Jardim Botânico. Ela não me conhece. Sou um dos freqüentadores anônimos do Tablado, que agora se alegram de ver a fundadora chegar tão bem aos 70 anos.

Ali se tem toda uma educação — para os pais e para os filhos. Ali moram o bom gosto, a discrição e o talento. Ela tinha a quem puxar: o mineiro Aníbal, seu pai, sabia combinar o equilíbrio e o humor numa dosagem perfeita. Mas foi homem de poucas obras. Quem não o conheceu nas famosas tertúlias de Ipanema fica reduzido a um punhado de escritos, que talvez não dêem toda a dimensão do homem.

Maria Clara é produtiva como uma vaca holandesa. Peça se segue a peça; depois, elas retornam, e cada montagem é uma revisão e um enriquecimento: como autêntica mulher de teatro, Maria Clara gosta do concreto, da solução nova que pode tornar convincente uma cena antes prosaica.

O que mais me fascina no Tablado é o senso da medida e da proporção humana. Sabemos como isso foi ficando raro — e, portanto, precioso. Mesmo para o teatro, raciocina-se em termos "industriais" ou abstratos: auditórios muitos grandes ou muito frios; ou as duas coisas.

O Tablado tem o clima e a proporção do que podia ser um teatro do tempo de Shakespeare — ou de Molière (pena que as cadeiras de plástico instaladas numa bem intencionada reforma produzam um rangido permanente).

Claro que o público não tem muito a ver com o da era elizabetana; e, olhando a platéia, vemos o que falta para que este seja um país de cultura. Maria Clara escreve, em princípio (mas só em princípio), para crianças. De ano a ano, parece maior o tempo necessário a que os diabinhos se aquietem um pouco, o suficiente para entrarem no clima da história. Há nisto uma certa falta de critério dos pais, que levam, por exemplo, crianças de dois anos para um espetáculo que não tem nada de simplório. É difícil censurá-los: afinal de contas, o que se vê no Tablado é bonito para qualquer idade; é sempre uma educação. Mas quem já teria idade para entender é que custa, muitas vezes, a aceitar a "proposta" da história: a inquietação que demora a assentar é bem o retrato do homem moderno, refletido nas figurinhas em perpétuo movimento; esse homem moderno tão bombardeado de solicitações, pressões e angústias, que resiste a simplesmente "ouvir" um discurso que mistura as diversas linguagens: o texto leve, irônico, poético; a música que Maria Clara usa com maravilhosa propriedade; a permanente invenção cênica.

Tudo é pequeno; mas que efeitos ela extrai do pequeno! Na última versão de *A menina e o vento*, a figura do vento chegava a assumir proporções cósmicas — como se aquilo fosse um palco chinês onde a arte da mímica e da onomatopéia conseguisse reproduzir toda a infindável variedade do universo.

novembro 1991

À *sombra das bananeiras*

Suponhamos, por um breve instante, que as nossas dificuldades imediatas foram resolvidas; que a taxa do dólar tomou juízo, que a inflação desceu a níveis aceitáveis e que, por milagre, a querela entre presidencialistas e parlamentaristas foi resolvida de uma forma satisfatória para todos.

O que ficaria faltando? Um projeto nacional. Não, não me refiro a planos qüinqüenais, nem ao Programa de Metas de Juscelino Kubitschek. Isso, qualquer ministro pode fazer, tendo o apoio do presidente. Também não me refiro à justiça social. Num país como o nosso, isto é obrigação de ética e decência. Não há querelas a esse respeito. Mais complicado é oferecer ao país um mito — aquilo que, para além da lógica, empurra uma nação para diante e lhe dá ganas de viver.

É coisa misteriosa; mas cada país tem o seu, ou procura ter. Nos Estados Unidos, havia dois: o da livre iniciativa e o da fronteira a ser conquistada. A fronteira já não admite expansões; sobrou a liberdade. Para os franceses, persiste a idéia de que eles são os sucessores dos antigos gregos, com o seu ideal de *clarté*, de equilíbrio e harmonia. Os pensadores franceses pagam um preço alto por essa obrigação da *clarté*; pois algumas coisas fecundas são, por natureza, obscuras.

Os ingleses nunca foram muito de mitos, preferindo as coisas práticas. E, no entanto, lá está, ao lado do Parlamento, a estátua de Ricardo Coração de Leão, o grande mito da Inglaterra medieval. Em dez anos de reinado, se passou seis meses na Inglaterra foi muito. Mas ele era o herói cavalheiresco que vendia todas as propriedades do Tesouro para financiar uma cruzada... Virou mito. Os mitos alemães parecem ter dado mais certo na ópera do que na realidade.

E o mito brasileiro? Nesse ponto, estamos tão atrasados quanto a União Soviética — aliás, Rússia. Os russos acreditaram no seu destino messiânico (talvez uma conseqüência da imensidão do território). Na ideologia do eslavismo, Moscou era a Terceira Roma, sucessora da primeira e da segunda, que foi Bizâncio. A juventude revolucionária do século XIX transpôs o que era um ideal religioso para o plano da revolução política — o mito em ação. Que terminou, como se sabe, num tremendo anticlímax.

A situação da Rússia é, agora, a pior de todas; a de um país que investiu tudo no seu mito (pelo menos, na forma concreta que ele assumiu) e que, dadas as proporções do fracasso, vê-se a ponto de aceitar a inversão desse mito.

Tudo bem; estamos, segundo se diz, num período de afrouxamento de todas as fronteiras. Não haveria mal em que o mito americano se confundisse com o russo, o polonês, o coreano etc. Mas olhem com um pouco de atenção: na Europa ocidental, civilizada e bem sucedida, há uma integração econômica que progride. Perguntem, entretanto, a um francês ou um inglês se eles pretendem trocar as respectivas nacionalidades por um padrão de internacionalismo europeu. A resposta é um rotundo não.

E assim se pode perguntar se temos, nós, um mito — nós, descobertos por Cabral, colônia portuguesa até bem pouco tempo. É a famosa questão da identidade nacional.

Temos um bom projeto, que está em *Casa Grande & Senzala*: o Brasil como palco de uma fascinante fusão de raças, que acabou por formar uma cultura nova. Não é coisa banal, como às vezes se sugere. É, certamente, um ponto de referência da nacionalidade. Num mundo como o de hoje (pensem na Iugoslávia), parece às vezes um milagre; mas é um pouco vago. Como é que isso se traduziria, por exemplo, em termos de economia — essa obsessão do mundo moderno?

Digamos que haja uma diferença de ritmo, face às matrizes da economia mundial. Como raça ou como país, nós não somos ativos. Ressalvados, naturalmente, os temperamentos individuais e as diferenças regionais, nascemos incuravelmente líricos — como os portugueses. Temos uma fantástica propensão a "matar o tempo", a jogar conversa fora numa mesa de esquina (ímpeto diminuído, ultimamente, pela diminuição das mesmas).

Não é pura frivolidade, nem mesmo preguiça: é a idéia da gratuidade das coisas, onde o Brasil desemboca em plena civilização mediterrânea. Por isso o país é católico, e vai continuar a ser, em que pese o crescimento das seitas. O catolicismo enfatiza muito a noção da gratuidade. O protestantismo, não: detesta a ociosidade, e faz do paraíso um prêmio a quem trabalhou muito. Daí a eficiência superior das sociedades anglo-saxônicas. Alguém imagina vigorando realmente no Brasil o princípio da competição? Não; achamos que isso é tacanhice dos americanos, queremos logo um acerto, uma divisão de áreas, de preferência sob a supervisão do Estado (e é por isso que acabam saindo essas concorrências sem licitação). Era o esquema salazarista: o Estado escolhe, aqui e ali, os que terão direito à riqueza. O resto ajeita-se como pode, como filho de família que não teve a sorte de nascer primeiro...

Nisso tudo, há o melhor e o pior. O pior é o que está aí em cima. O melhor é o nosso lado humano, que não queremos perder em nome da "competitividade". Por isso é que uma parcela da intelectualidade ainda sonha com o sistema cubano, imaginando que, sob a proteção do barbudo, todas as disputas ficam de antemão dirimidas. Por isso é que o Brasil ainda alimenta o seu ideal "nacionalista" — um cantinho onde haja uma viola e uma lua de prata subindo por detrás da bananeira.

A essa altura, seria preciso separar o sonho da realidade. Negar a economia de mercado termina no apocalipse russo — ou na mediocridade fidelista. Também não podemos nos negar a nós mesmos. O país anda à espera de quem lhe proponha um caminho conciliando a sociedade moderna com um temperamento lírico e cordial. Há de ser a nossa forma especial de "sebastianismo". Mas não é um sonho a ser simplesmente descartado. Pode ter sido isso o que o papa quis dizer, entre missas solenes e bocejos provocados pelo calor tropical.

novembro 1991

Fios de história

A epopéia de Colombo deve render assunto por todo o ano de 92. Com razão. Ela não foi só a "descoberta da América": é uma data que levanta o pano para o imenso espetáculo do Renascimento.

Um amigo meu, tão culto quanto perspicaz, completa o raciocínio: o "século de Colombo" começou, na verdade, com oito anos de avanço. É assim que costumam se passar as coisas. Nem na cronologia o racionalismo merece muita confiança. Em 1492, por exemplo, começava a saga dos Descobrimentos, que foi também a da grandeza de Portugal e de Espanha. A Espanha era mais rica e mais poderosa. Ela não era só a Espanha de hoje: era a Casa dos Habsburgo, que começava na Áustria e atravessava os Pirineus. Daí a frase sobre Carlos V, "em cujo reino o sol nunca se punha".

O filho de Carlos V, Felipe II, tinha uma noção ainda mais exagerada da sua importância histórica. Como rei católico, decidiu que ia acabar com a heresia anglicana dos ingleses através do envio de uma frota como nunca se vira antes, a "Invencível Armada". Para comandar essa frota — 130 navios, 30 mil arcabuzeiros — ele mandou chamar o duque de Medina Sidônia. O duque, entre humilde e assustado, pediu ao grande rei que o dispensasse da tarefa: ele não entendia de estratégia marítima; para falar a verdade, não tinha nada a ver com o mar.

Felipe respondeu com o irrealismo megalômano de um autêntico Habsburgo: que o duque não se preocupasse, o verdadeiro comandante da esquadra chamava-se Deus. Falhou a comunicação com o Altíssimo, e, no ano de 1588, a Armada foi arrebentar-se nas beiradas do Tâmisa. Do lado de lá, no comando, estava Drake, que, como velho pirata, entendia de mar.

Pois o que aconteceu é que o século que tinha começado, para os espanhóis, em 1492 terminou, para todos os efeitos, em 1588. Soava o dobre de finados para as grandezas da Espanha, que levou alguns séculos para se recuperar do golpe. Um antigo soldado, sem a mão esquerda, que tinha sido empregado no recolhimento de fundos para a lamentável expedição, dedicou-se a escrever o mais perfeito apólogo das desilusões humanas — e o *Dom Quixote*, primeira parte, pôde ser publicado em 1605. É duvidoso que os espanhóis da época tenham entendido o seu significado.

O meu amigo, cultíssimo, continua a dar exemplos: o "século de Luís XIV", cantado por Voltaire e outros autores, só acabou, de fato, em 1715, com a morte do rei. E o século que ali começava terminou mais cedo: quem ignora que, de 1792 ou 93 em diante, a história já tinha virado a página, entrando sem maiores avisos na era de Napoleão?

Estamos atravessando, agora, uma situação parecida. O século que, na verdade, começa em 1914, com a guerra que rebentou a cristaleira da *belle époque*, precipitou-se e acabou mais cedo, com os acontecimentos de 1989-1991. A especialidade do século, digamos assim, foi a invenção de modelos ideológicos que mataram muita gente e não resolveram o problema do homem.

O último desses modelos veio abaixo quase sem ruído em 1991. Não há de ser a teimosia da velha guarda chinesa (ou de Fidel Castro) que modificará esse veredicto histórico. Mas quem é capaz de tirar conclusões satisfatórias, em pouco tempo, de eventos tão dramáticos, tão perturbadores?

Ficamos com um resto de século nas mãos. Quem sabe, até o ano 2000, conseguimos dar algum sentido a esses fios soltos de história?

abril 1992

Messiaen e a Rio-92

Abril já ia acabar quando, numa mesma terça-feira, dois artistas importantes sumiram de cena: o irlandês Francis Bacon e o francês Olivier Messiaen. Um pintor e um músico. Dois octogenários — quase a única parecença entre eles, à parte o fato de que ambos marcaram a arte contemporânea.

Bacon não precisava de auto-retrato, e do seu próprio estilo violento, para apresentar ao mundo um rosto deformado. Era a imagem da transgressão — homossexual, alcoólatra, jogador. Messiaen fazia o efeito contrário: suas fotos, mesmo de juventude, mostram um rosto oval e sereno, o cabelo cortado à franciscana, óculos finos de aros pretos, e provocam a sensação de que algum santo medieval escapou do vitral.

Messiaen não era nenhum santo. Tinha uma consciência quase agressiva da sua própria importância, e podia ser irritante no trato. Mas as obras confirmam o retrato: numa época muito louca como a nossa, Messiaen conseguiu passar para a música um sopro de outras eras, quando o homem era capaz de grandes pensamentos, de grandes ideais, e, sobretudo, de sentir-se integrado ao cosmos. Suas obras têm nomes religiosos — *Vingt regards sur l'Enfant Jésus* — ou da mais pura poesia, como o *Catalogue d'oiseaux*, uma suma colossal do seu pensamento pianístico (mas ele também escreveu, num campo de concentração alemão, o *Quatuor pour le fin des temps*, que estreou ali mesmo, diante de cinco mil prisioneiros perplexos e comovidos).

Consultados os especialistas em cada área, Bacon e Messiaen apareceriam provavelmente como rivais em importância artística. O mundo, entretanto, já fez a sua escolha. A julgar pela grande imprensa — e a grande imprensa não erra nessas coisas — Bacon foi o maior;

foi o seu sumiço que causou impacto. A morte de Messiaen, em alguns jornais, limitou-se ao obituário.

Há aí um enigma que merece dois minutos de prosa. A nossa época é muito musical. Nunca se ouviu tanta música. Mas quando se trata de arte contemporânea, a pintura ou o desenho deixam a música longe. Os quadros de Bacon andavam batendo no milhão de dólares de cotação. Que argumento pode ser mais poderoso? Quem pagaria dez mil dólares por um original de Messiaen?

A grande arte reflete o seu tempo; e o nosso tempo não está para brincadeiras. Aceitamos o horror que irradia das telas de Bacon. Mas quando a música espelha as dissonâncias de agora, o ouvinte simplesmente muda de estação.

O ouvido sempre foi conservador. Beethoven e Brahms tiveram de enfrentar críticas ranhetas e até iconoclastas. Hoje, é muito pior. Uma obra como a *Sagração da primavera*, que é de 1913, ainda não foi plenamente absorvida pela consciência contemporânea.

Uma pena, no que se refere a Messiaen. Na Rio-92, se houvesse imaginação para isso, uma tenda poderia ser armada só para a degustação deste grande compositor "ecológico".

Messiaen teve diversas fases místicas. Sua ópera de velhice (enorme, talvez excessiva) chama-se *São Francisco de Assis*. Mas ao lado do misticismo, a natureza foi a sua paixão. Ele foi o primeiro compositor que levou a sério o canto dos pássaros.

Não deixa de ser curioso. Sendo os pássaros os cantores que são, a ligação podia ter sido estabelecida há muito mais tempo. Mas, qual... O que se fez nesse terreno, na música antiga, não passa de brincadeira perto do trabalho de Messiaen. Uma de suas fotos características, já da maturidade, mostra-o de boina preta, no meio de um jardim, papel de música na mão, olhando para as árvores como quem escuta o que vai ser anotado logo em seguida.

Pois ele anotou o canto dos pássaros, que considerava os maiores músicos do mundo. Isso implica vencer diversas dificuldades: 1) geralmente, o canto dos pássaros é rápido demais para ser reproduzido com recursos humanos; 2) a extensão (isto é, a série de notas da mais grave à mais aguda) é maior que a da voz humana ou a dos instrumentos musicais não-eletrônicos; 3) muitas vezes, o canto dos pássaros usa microtons (intervalos menores que o semitom) que não podem ser reproduzidos por instrumentos afinados na escala tradicional.

Jocy de Oliveira, compositora e pianista brasileira que é uma das melhores intérpretes de Messiaen, acrescenta outros detalhes: os pássaros têm um ouvido muito mais apurado que o nosso para cantar suas seqüências de notas. O sentido do tempo, nesses músicos da natureza, é de incrível precisão. Eles podem criar variações rítmicas extremamente complexas, mantendo pausas de silêncio com duração exata.

Mais uma complexidade, de intensa poesia: os pássaros mudam o seu canto de acordo com as horas do dia. Um passarinho, ao que tudo indica, acharia grosseiro, ou pouco imaginoso, cantar às 6 da tarde o que está bem para as 10 horas da manhã. O que significa que eles têm o que nós perdemos: estão em sintonia com o cosmos.

A música na Rio-92 ficará incompleta sem uma menção ao compositor que acaba de falecer, que soube ouvir a partitura que os passarinhos vêm executando — de ouvido — desde que o mundo é mundo.

maio 1992

Linhas divergentes

Terminou a novela Leonardo Boff. O frade franciscano anuncia que está largando a batina, entre mais algumas tiradas acerbas contra o Vaticano e os cardeais que teriam contribuído para esse divórcio. Figuras da CNBB manifestam consternação: um bispo de Caxias tira cópias da declaração de Boff e as distribui aos seus diocesanos.

Por baixo dessas reações mais ou menos emocionais, o fato é que o divórcio desde muito parecia inevitável como o movimento das marés. Entre Boff e a Igreja de Roma cavou-se uma divergência filosófica que não admitia pontes — a menos que um dos lados optasse por uma encenação hipócrita.

Boff, como alguns outros dissidentes famosos, é um intelectual moderno de linhagem hegeliana. Nesse modelo mental característico do romantismo alemão, o mundo perdeu muito da consistência que possuía para Aristóteles: transformou-se em algo a ser virtualmente criado ao sabor da razão filosofante. Os filósofos do século passado tinham, todos, o seu sistema — sistemas que podiam parecer outras tantas arrumações da realidade visível; mas eram mais que isso: verdadeiros atos de recriação do mundo.

Rebento do mesmo tronco, o humanismo marxista vê a sociedade como matéria-prima a ser radicalmente refeita pela paixão revolucionária dos agentes históricos. Boff, que é um escritor de talento, quis usar a mesma receita para pôr a teologia de cabeça para baixo. O "povo de Deus" ia recriar a teologia "de baixo para cima", a partir da sua práxis. Nessa ótica, e sempre em harmonia com um cenário marxista, o Vaticano só podia aparecer como superestrutura cada vez mais incômoda, e réu de uma "expropriação dos meios de produção religiosa" (sic).

Boff sempre respondeu aos que o chamavam de marxista dizendo que a Teologia da Libertação aceita o instrumental analítico do marxismo, mas tem na outra mão o Evangelho. Estaria garantido, assim, o dinamismo dialético entre a teoria e a prática.

Com a incorporação do marxismo, entretanto, incorporou-se inevitavelmente a questão do poder — e por aí a relação entre Boff e o Vaticano foi-se tornando cada vez mais tensa. Acoplada a uma visão política (daí a quase irresistível aliança com o PT), a Teologia da Libertação não se liberta mais da questão do poder. Reformar a sociedade passa a ser um projeto paralelo ao da reforma das "estruturas de poder" da própria Igreja.

Não há dificuldade em aceitar que há muita coisa a ser reformada no interior da Igreja. Uma instituição de dois mil anos sofre permanentemente o desgaste do tempo e da matéria humana. (O Concílio Vaticano II, aliás, foi uma monumental faxina interna). Também se pode aceitar que uma teologia que não é posta em prática, que não muda o ambiente onde se insere, passou a ser uma peça de museu.

Um pensamento católico, entretanto, que não venha da seara de Hegel e de Marx tem uma visão mais modesta do papel da práxis — e do alcance das suas próprias elucubrações. Só o acúmulo de alguns séculos de racionalismo e muitos mais de convivência com a doutrina cristã pode ter amortecido o fato de que, face à realidade do Cristo, estamos tão afundados em mistério quanto os primeiros discípulos que esfregavam os olhos para tentar entender o que viam. Não há explicação racional para o mistério cristão, para o que São Paulo já chamava de "o escândalo da cruz".

Os judeus daquela época também tentaram a fusão da práxis com a teoria. Se o Cristo era, de fato, o Messias, o Escolhido para a salvação de Israel, o que o impedia de assumir a liderança do povo eleito na tarefa realmente difícil de expulsar dali os opressores romanos? Empurrou-se para Cristo o manto de Davi — na famosa cena do Domingo de Ramos, em que ele entra aclamado em Jerusalém. Ele não apenas recusou o manto, como tornou-se motivo de escárnio, sofrendo morte infamante.

Esse mistério cristão deu origem, depois, a uma instituição poderosa — que, na Idade Média, chegou a confundir-se com o poder político. Foi, como se sabe, um período de equívocos para a Igreja, resgatado pela presença de figuras como a de São Francisco de Assis. O cristianismo não foi inventado para ser o governo do mundo. Também não é uma filosofia no sentido moderno, a ser reescrita ao sabor de cada talento imaginoso e inquieto. Foi, e continua a ser, um mistério; e para penetrar esse mistério, sustenta toda a tradição da Igreja, o orgulho da inteligência é um obstáculo real.

Não se nega a inteligência, que tem algo de divino, nem a capacidade de escolha, de opção, que é o dado crucial da experiência humana. Mas, no ventre do mistério (diz uma antiquíssima tradição que nem é exclusivamente cristã), avança-se mais, entende-se tanto mais, quanto mais se concorda em trocar o personalismo do ego por uma atitude de disponibilidade (e de humildade) face a uma realidade que nos ultrapassa infinitamente.

Os chineses do tempo de Confúcio já mediam a distância que separa as aspirações da Terra e os desígnios do Céu. Para mediar essa distância, na visão católica, é que existe a função sacerdotal. O papa é o "construtor de pontes" — *pontifex*. Não é noção que se preste a uma interpretação marxista.

julho 1992

A era do vídeo

Aprendi a gostar de música num velho programa de rádio que tinha o patrocínio das Casas Palermo. Eram árias de ópera, acho que aos domingos. O radinho não devia ter potência extraordinária; mas para os meus ouvidos de seis anos, a voz de Renata Tebaldi era mel puro em *Un bel di vedremo*. Meu pai, que estudava canto, animava-se, começava a cantar junto. Minha mãe, dona de casa sem empregada, passava pela sala reclamando: "Maurício, abaixa isso: está altíssimo."

Foi uma boa educação do ouvido. A grande música tem alguma coisa a ver com uma bela melodia. De ópera, entretanto, eu não podia ficar entendido só com o velho rádio; e a situação não mudou muito quando, anos depois, comecei a freqüentar um Teatro Municipal de montagens decididamente mambembes (o Municipal pré-reforma). Assistimos, agora, a uma revolução. Não sei se meu filho vai gostar de ópera; mas ele terá, para isso, condições que eu não tive. Sobretudo com o videodisc, você aperta um botão e o Metropolitan (ou o Scala de Milão) entra pela sua sala.

Isso resolve todo tipo de problemas. Em Viena, há quem se sujeite a assistir à ópera em pé, porque os ingressos ou não existem, ou são muito caros. Agora, assiste-se à ópera de Viena na poltrona, tomando o que der na veneta, e alugando um videodisc por 14 mil cruzeiros (o aparelho ainda é caro; mas, daqui a pouco, deixa de ser. E sempre há aquele amigo que já comprou e está doido para mostrar a preciosidade).

Resolve-se, também, o problema do tempo — ou melhor, da atenção. Mesmo uma ópera fabulosa como *Don Carlos* pode cansar, dependendo do dia, se você está lá do começo ao fim. E o que dizer das óperas de Wagner? A iniciação em Wagner é sempre uma coisa delicada, porque um início desfavorável pode ser traumático. (Há a famosa anedota sobre *Parsifal*, aquela ópera que começa às 16h e, às 16h20m, você olha para o relógio e ainda são 16h10m. Pode ser injusto, mas é plausível, se se recorda que, em *Parsifal*, Wagner inventou um "tempo lento", que só agora compositores como Stockhausen estão recuperando).

Pois também isso está resolvido. Se você quer interessar alguém em Wagner, basta escolher, por exemplo, um pequeno trecho do *Lohengrin*, onde a mistura da música e do cenário tem momentos mágicos, e ver a reação; se a coisa funciona, você vai adiante, propõe um ato inteiro. E que dizer da legenda? Se o texto de Wagner não é igual a Shakespeare, como ele gostava de acreditar, também é verdade que texto e música, em Wagner, fazem uma combinação diabólica. Aí é que percebemos como estávamos longe da verdade da ópera (embora haja uma outra anedota, a do fanático de ópera a quem perguntam em que língua ele gosta de apreciar o seu espetáculo predileto. "Em qualquer uma", ele responde, "contanto que eu não entenda.").

Tudo isso é só uma pequena parte do que o vídeo está fazendo pela música. Tome-se a música sinfônica: era comum o caso do apreciador de sinfonias incapaz de distinguir um clarinete de um oboé. Hoje, um bom vídeo de orquestra é, ao mesmo tempo, uma aula sobre a orquestra. Você já não precisa daqueles velhos discos com que os professores de música explicavam: "isto é um fagote; este é o contrabaixo...". Você entende — melhor que isso, vive — a Segunda de Brahms como a "sinfonia das trompas". Mas ainda é pouco. Através do vídeo, pode-se chegar perto da alma do artista; ou ter o artista de corpo e alma. Assisti, recentemente, a uma versão histórica do *Réquiem* de Verdi, gravada em 1967. Karajan rege os conjuntos do Scala de Milão, com um time de solistas inacreditável. Não é o Karajan meio múmia dos últimos registros; é um maestro de 59 anos, extraordinariamente jovem. Nos concertos, por mais bem situado que esteja, você é forçado a ver o maestro de costas, ou de perfil. Aqui, está de frente para Karajan, suficientemente perto para ver os seus olhos cinza-azul, e sentir a espécie indefinível de carisma que emana da fisionomia, do jogo das mãos (extremamente discreto, sutil).

É como ficar sabendo quem é Karajan. Já se escreveu muito sobre esse mito musical da nossa época; sobre as suas excentricidades, sobre o seu tino comercial, sobre a química sonora que ele alcançou com a Filarmônica de Berlim. Tudo isso está muito bem; mas ainda explica pouco. Um único vídeo, e o enigma se resolve. Por que é que, naquele *Réquiem*, cantores no auge da carreira, como Leontyne Price e Nikolai Ghiaurov, ou um jovenzinho chamado Pavarotti, sem barba e sem bigode, rendem 100 ou 110 por cento do que podem render? Porque percebemos que eles foram atraídos para um campo magnético, que vai crescendo com a música. Não, nada dos arroubos orgiásticos de Bernstein; nada de saltos, gesticulações exuberantes; mas uma vontade muito forte, um modo de olhar, de usar as mãos para traduzir as nuances da música... É o fenômeno Karajan, que um vídeo esclarece, mais do que dez livros, pilhas de discos, semanas de conferências.

agosto 1992

As jóias da coroa

Então, está entendido: entramos em processo de substituição do presidente da República — que forneceu, aliás, todos os pretextos para isso. As instituições funcionam com uma desenvoltura a que não estávamos acostumados; e, por esse lado, há motivos para acreditar que, de alguma forma, o país tem jeito.

Ao mesmo tempo, revolvem-se as entranhas do poder de um modo que não deixa de ser inquietante. Não, isto não é nenhuma campanha alegre como a que Ramalho Ortigão e Eça de Queiroz acionaram contra as antiqualhas portuguesas.

Do ponto de vista matemático, e até político, as perspectivas são boas. (Pelo lado jurídico, é mais complicado). Na melhor das hipóteses, o presidente incorreu no que os velhos gregos chamavam de *hubris* — o pecado da falta de medida, que acarreta inexoravelmente a ação punitiva da Nêmesis. Quando um ser humano esquece, a esse ponto, os seus limites, alguma coisa tem de ser feita para restabelecer o equilíbrio cósmico. E o Destino não se tornou mais manso desde que os inventores da tragédia puseram-se a dormir o seu sono milenar.

O problema é que estamos mal equipados para esse tipo de superprodução histórica. Comparações com Watergate são ineptas, na medida em que o sistema americano funciona como um relógio há mais de 200 anos (é verdade que com uma guerra civil pelo meio). A referência, aqui, é 54 (em 64, os atores da crise pesavam menos do que a crise em si; daí a facilidade com que tudo se resolveu).

Sim, o Ibope disse que há concordância: até em termos estatísticos, o presidente deve sair. Isto resolveria um destino individual, e possivelmente a crise de agora; mas não a questão do poder. Pois esta não é uma equação geométrica, e muito menos aritmética. Não se mexe inocentemente na fábrica social. Às vezes, não há jeito senão mexer — como agora. Ficar tudo como dantes seria pior. Mas o trono está manchado. E a mancha demora a sair — como o sangue que grudou nas mãos de Lady Macbeth.

Bem a propósito para liquidar um ciclo, ficaram evidentes, em Collor, as potencialidades do nosso peculiar presidencialismo. De um lado, a personalidade carismática, discurso fluente, capacidade quase suicida de tomar decisões — o Dom Sebastião de que o país, na velha linha portuguesa, está sempre à espera para resolver problemas acumulados, talvez insolúveis. De outro lado (como em Dom Sebastião) a capacidade de pegar tudo isso e jogar fora num areal "dai" África.

E assim se alinha no horizonte a proposta parlamentarista. *Faute de mieux*, caminhamos para esse outro areal sem saber em que terreno pisamos. Parece a salvação da lavoura (pode ser que seja). Collor acenou que, se ficar, encaixa o parlamentarismo. Itamar insinua que vai fazer o mesmo, se for sua a obrigação de segurar o pepino. Não sabemos, claro, de que parlamentarismo se trata; apenas o suficiente para escapar do pesadelo presidencialista.

Figuras da categoria de um Afonso Arinos sempre souberam defender impecavelmente a lógica parlamentarista. Ainda hoje, haverá quem o faça. Como discurso, é perfeito. Como realidade, é uma interrogação. Não há nenhum país parlamentarista do tamanho do Brasil (há a Índia, é verdade, que não pertence a este mundo. Quanto ao Canadá, não tem mais que 25 milhões de habitantes; e já está quase se dividindo em dois). Mesmo na França, que compartilha conosco alguns cacoetes culturais, o governo de gabinete custou a dar certo. Só deu, em 1958, pela intercessão da figura impressionante do general De Gaulle — ele mesmo, uma fonte de poder.

De Gaulle emprestou ao sistema francês o que parecia faltar-lhe: legitimidade. Nós, aqui, somos muito legitimistas (donde a referência obsessiva, no time governista, aos "35 milhões de votos"; estão batendo na tecla da legitimidade). Foi preciso que Collor abusasse para que o Ibope encontrasse o que encontrou em sua última pesquisa. O brasileiro tem um respeito supersticioso pela presidência. Acha, mesmo, que o "homem de Brasília" é quem vai resolver os seus problemas. Puro sebastianismo.

Derrubaremos, talvez, o presidente. Mas, então, vai começar um esforço complicado em busca da legitimidade. No tempo dos reis, era mais fácil: invocava-se o "direito divino". Os ingleses, que não são bobos, conservaram toda essa mística, com direito a unção e coroação, acoplando-a a um regime de gabinete.

Por isso é que a excelente Elizabeth II fica de cabelos em pé quando Charles não se comporta bem. Aquilo foi um sistema difícil de inventar. Por aqui, ainda está para ser inventado.

setembro 1992

Crescer ou não crescer?

Esse mundo é cheio de surpresas. Até no espaço quadriculado das estatísticas. Com uma simples mudança de método, o FMI acaba de fazer uma revolução no ranking das maiores economias do mundo. O Brasil continua mais ou menos onde sempre esteve, lá pelo nono lugar. Mas a China, que se equilibrava conosco, pula para o terceiro posto, abaixo apenas do Japão e dos Estados Unidos.

A nova metodologia do FMI tem a sua lógica. Em vez de trabalhar com valores simplesmente convertidos em dólar, raciocina com o poder de compra de cada moeda. Se um japonês ganha dez mil dólares mas precisa gastar nove para manter um padrão mediano, por que ele seria mais rico que o brasileiro de classe média que, com cinco mil dólares, leva uma vida de nababo, com direito a casa de campo e carro novo na garagem?

A China não ficou mais rica só porque o FMI mudou suas bases de cálculo. Na mais radical metamorfose da história contemporânea, ela se transformou no que os americanos chamam de uma *power house* — um dínamo funcionando 24 horas por dia, e que já não é só o país propriamente dito: é toda a comunidade chinesa espalhada pela Ásia e por lugares mais distantes.

O novo empresário chinês, autorizado pelo regime, resgata uma vocação comercial que é uma das características da raça — e que o período maoísta, com insensibilidade característica, sepultara debaixo de uma pirâmide de dogmas. O que impede, a partir daí, que essa nova China entre em fusão real com Hong Kong (esta, libertada do fantasma da anexação traumática) ou com Taiwan, que já não precisa defender com unhas e dentes um estilo diferente de vida?

Só há um problema nessa história: é que a vertiginosa transformação da China se limita, por enquanto, às zonas costeiras — províncias como Guangdong e Jiangsu; e, com isso, vai-se cavando um abismo entre essa China furiosamente empreendedora e a China milenar do interior, onde a terra é trabalhada com a mão, ao ritmo imutável das estações. O que acontecerá no dia em que a China milenar se cansar de produzir alimento para a China 1993 ou 1994? Antigamente, o exército podia vigiar as fronteiras, manter o camponês amarrado à sua terra (também ajudava no controle da natalidade). Mas, nessa época, não só o regime era mais forte, como não havia televisão para contar como é a vida fora do pedaço de terra que Pearl Buck idealizou num romance famoso.

E assim se chega à badalada história dos "tigres asiáticos". Eles estão batendo todos os recordes. Mas o custo pode ser alto. Há poucos dias, um caso exemplar ocorreu em Bangkok, Tailândia: uma fábrica de brinquedos queimou, e lá se foram, no incêndio, mais de 200 vidas. As causas dessa tragédia nada tinham de invulgares: prédio sem condições para abrigar a multidão de empregados; material inflamável acumulado sem as necessárias precauções; saídas de emergência bloqueadas para evitar roubos.

Neste Brasil de Pedro Álvares Cabral, é muito difícil encontrar quem tenha morrido por excesso de trabalho. Mas, também por aqui, a idéia do crescimento a qualquer custo deixou as suas marcas. Foi, se vocês se lembram, naquele Brasil de setenta e poucos, quando a Copa do México arredondara o nosso ego e os subterrâneos da política ainda guardavam os seus segredos. O país cresceu, com toda certeza; mas paga o preço disso até hoje, numa disparidade de renda quase insustentável, na crise das grandes cidades, numa desvalorização da atividade política, substituída pela técnica de conseguir capital subsidiado ou de sonegar impostos.

O dilema, hoje, não pode ser mais crescer ou não crescer. A Albânia de Enver Hoxha acabou, e o projeto cubano não parece ter muito futuro. Como disse o ministro Fernando Henrique, é crescer ou crescer. Como crescer sem que isso provoque maiores traumas?

Resistindo, no limite do possível, à idéia de que a economia é a ciência-mater, a justificação de todas as coisas. Daqui a 50 ou 100 anos, quando se escrever a história da nossa época, é possível que fique muito mais nítida do que agora a percepção de que, apostando tudo na economia, capitalismo e marxismo se deram um abraço mortal.

Não, não é aquela conversa da "terceira via". Não há terceira via fora da economia de mercado com preocupação social — produto da modernidade mais avançada.

Só o que precisa acabar é a idéia de que da economia vem a verdade e a luz.

Quando isso acontecer, talvez voltemos a perceber que, quanto mais complexa fica a sociedade moderna, mais ela precisa de um bom político para fazer um balanço do caos, e para ter um mínimo de visão do futuro. Um economista pode custar a entender o que é um raciocínio ecológico. Já o político, se é bom, pega a música de ouvido.

maio 1993

Perfis literários de Chesterton

Chesterton na praça: que raridade! Para quem já foi "iniciado", a sensação de prazer é quase instintiva. Aí está ele de novo (mas depois de tantos anos!), o enorme inglês do início do século, espadachim de idéias, que perambulava pela sua amada Londres com uma vasta capa e chapéu de abas largas — o próprio personagem de romance. Quem não conhece Chesterton, como reagirá a esses ensaios escritos quando ele mal chegava aos 30 anos? Podem não ser as obras-primas do criador do padre Brown; mas ele já está todo aqui. E por aqui se vêem as diferenças que ele tinha com o mundo moderno — que lhe retribuiu na mesma moeda. A qualquer pretexto, Chesterton podia brandir o seu florete (ou porrete) intelectual contra o "espírito da época". Foi um polemista inveterado. Foi, sobretudo, o rei do paradoxo — que o Aurélio define como "conceito que é ou parece contrário ao senso comum". O mais famoso deles (de Chesterton): "O louco é aquele que perdeu tudo, menos a razão." O louco pode fazer milhares de associações racionais; pode mover-se em camadas específicas da sociedade (loucos foram médicos, filósofos, imperadores, analistas). O que falta? O nexo essencial com a realidade das coisas; esse elo misterioso que faz com que, nesse mundo complicado, sejamos mais do que parafusos numa engrenagem.

Chesterton sentia esse elo como poucos; é quase que o fundo da sua filosofia. Veja-se, em *Doze tipos*, o ensaio sobre as irmãs Brontë, feroz demolição do romance realista. O realista *à la* século XIX, que punha Chesterton em posição de combate, achava que estava dizendo o que importava ao acumular dados sobre o seu personagem, sobre o meio físico, a maneira de falar, as circunstâncias de classe; e, sobretudo, ao buscar uma ação perfeitamente concatenada. O romance de uma

Brontë é todo o contrário disso. "Uma história como *Jane Eyre*", escreve Chesterton, "é em si uma fábula tão monstruosa que não serviria nem como conto de fadas. As personagens não fazem o que teriam de fazer, nem o que deveriam fazer, nem, poder-se-ia dizer, até mesmo o que pretendem fazer, tamanha é a insanidade da atmosfera. E, entretanto, *Jane Eyre* talvez seja o mais autêntico livro que jamais se escreveu." Porque as irmãzinhas Brontë estavam em contato visceral com esse enigma do universo que fascinava Chesterton. As crianças conhecem esse território; e Chesterton é capaz de pensar com elas, quase como elas. Ele acredita nas coisas como um medieval acreditava. E assim ele celebra a arte de um Walter Scott. Scott, para ele, tinha o sentido verdadeiro do romance; e por isso seus heróis podiam conversar sem pressa, enquanto saboreavam uma coxa de gazela. Ele combate "essa concepção arraigada de que o romance consiste na vasta multiplicação de incidentes e na violenta aceleração da narrativa". "Na verdade, o romance não consiste tanto, ou de modo algum, nas aventuras que se experimentam, quanto no fato de se estar preparado para elas." É quase uma definição do próprio Chesterton. Por aí ele criou as histórias do padre Brown, um pouco inspiradas no irlandês que o converteu ao catolicismo. Histórias de detetive em que o herói chega a resultados inesperados não porque seja um gênio da dedução, *à la* Sherlock Holmes, mas porque é capaz de enfiar-se no enigma que é a alma de um assassino. Curioso, nesse sentido, que ele polemize aqui contra Carlyle, o soturno escocês que hipnotizou a Inglaterra vitoriana. Eles tinham diferenças agudas; mas é só ler *On heroes & hero worship*, de Carlyle, para encontrar a mesma intuição da realidade das coisas — esse nervo "ontológico" que abre distância entre Chesterton e tantos autores modernos.

janeiro 1994

A tentação da cicuta

Com o fim dos trabalhos da CPI do Orçamento, e a inércia subseqüente, é possível, é até provável, que um desencanto um pouco maior com a atividade política se tenha infiltrado na alma de muitos brasileiros. Tanta patifaria exposta! E agora a impressão (ou a convicção) de que ninguém trabalha. Não é melhor desistir de vez desses políticos, e ir cuidar de outras coisas?

Que dá vontade, dá. Mas, infelizmente, não seria providência frutífera. Como explicam os bons autores, a gente faz política até quando não quer. Se cruza os braços, por exemplo, e deixa de votar, vai acabar elegendo o mais sujo, o mais demagogo. Soluções autoritárias, agora em processo de reabilitação depois do que aconteceu no Peru, parecem mais fáceis, mas costumam custar caro no final da ópera.

O que vale a pena ter em mente é que, sendo tão importante para a vida dos homens e das sociedades, a política vem sempre misturada com uma borra terrestre que é o que estraga as utopias, os sistemas teoricamente perfeitos. Melhor ir por aproximação, como os ingleses foram fazendo ao longo dos séculos, do que apostar em absolutos do gênero "socialismo real", que terminou, este sim, em pizza.

Essa coisa "misturada", às vezes envenenada, da política vem de muito longe, e não é privilégio dos países considerados pouco sérios. Fala-se muito da Grécia antiga, da engenharia democrática que emergiu em Atenas. Foi, mesmo, muito interessante. Mas essa mesmíssima experiência democrática, levantando a cabeça em Atenas, condenou Sócrates a beber cicuta, devido a um peculiar conjunto de circunstâncias que Platão imortalizou na sua *Apologia*.

Platão era jovem quando tudo aquilo aconteceu. Pensou em desistir da vida pública. Depois, apareceu a oportunidade de aplicar o seu belo (e utópico) ideário político na colônia grega de Siracusa, onde o tirano local fora seduzido pelos seus ensinamentos e pela própria irradiação da sua personalidade. Esse capítulo — Platão em Siracusa — devia ser estudado por aqueles que gostam de minimizar a diferença entre as idéias e a sua aplicação prática. Deu tudo em água de barrela, Platão quase foi morto, e ficou muito aliviado quando pôde voltar para Atenas e terminar os seus dias ensinando na Academia.

Muito mais perto de nós, houve decepções pedagógicas na França dos grandes poetas românticos. Aquela era, por definição, uma época "interessante", num país que se considerava o protótipo da modernidade. Passara a Revolução de 1789; acabara o ciclo de Napoleão. Seria, então, lá por 1830, a hora de fazer política madura, "moderna", pois não?

Era o que acreditavam algumas figuras brilhantes que misturavam a distinção intelectual com o gosto pela coisa pública — Victor Hugo, Lamartine. A história do grande Hugo é bem conhecida: como ele cortejou por diversas vezes o poder, como foi eleito deputado, como se entusiasmou pelas causas sociais. A revolução de 1848 parecia um divisor de águas, um campo aberto para as idéias generosas. Luís Napoleão, sobrinho do Bonaparte, era o oposto de um personagem ameaçador; era considerado até bem medíocre. E o grande Hugo condescendeu em fazer-se de conselheiro, em enfiar-lhe projetos na algibeira.

Deu no que deu: do medíocre sobrinho saiu o "pequeno Napoleão" de 1852; Victor Hugo exilou-se, indignado, achando que aquilo não ia durar. Durou até 1870; 18 anos em que o poeta viveu exilado na ilha de Guernesey, desfechando imprecações contra o tirano e afinando sempre mais a sua lírica.

A história de Lamartine é menos conhecida, mas talvez ainda mais característica dessa complicada dialética entre as belas idéias e a realidade prosaica. Lamartine, aliás, precedeu o grande Hugo em várias coisas. Foi a primeira voz do lirismo romântico francês, com as *Méditations* de 1820. Vinha de uma família ilustre, e que, ao lado disso, sabia o que era a questão social (o poeta deixou uma bela descrição de como foi educado, desde a infância, para tomar contato com a realidade da miséria, e imaginar maneiras de acudi-la).

Como Hugo, ele foi atraído pela política, conseqüência que achava natural de uma celebridade advinda da atividade literária. Se a França o cobria de louros, por que não depositar esses louros no altar de uma causa mais consistente? E ei-lo eleito deputado, na vitalidade dos quarenta anos. Abandona, praticamente, a poesia pela política. Amigo de família das grandes lideranças conservadoras, faz o que pode para convencê-las de que não se vai adiante sem encarar de frente a questão social. Logo percebeu que a pregação caía em ouvidos moucos. Convencido de que uma revolução popular era iminente e inevitável, resolveu pôr-se à frente do partido de oposição radical, achando que assim poderia influenciar os rumos da revolução, quando ela viesse.

O "estouro" aconteceu a 24 de fevereiro de 1848, e, devido à *História dos girondinos* (1847), que lhe granjeara imensa popularidade com os partidos de esquerda, Lamartine se tornou de fato, se não nominalmente, o chefe do governo provisório. Recebeu dois milhões de votos nas eleições de 1848. Mas a Assembléia Nacional, de maioria conservadora, só o manteria no cargo se ele concordasse com uma política reacionária, o que ele não quis fazer. Os partidos de direita, de caso pensado, provocam então distúrbios, fechando, contra os esforços de Lamartine, todas as associações de classe; e Lamartine, junto com a comissão executiva, foi derrubado a 24 de junho de 1848. A partir daquele momento, era um homem derrotado. Em dezembro do mesmo ano, obteve menos de 20 mil votos para a presidência da República. O eleito foi Luís Napoleão. Lamartine ainda tentou influenciar a opinião pública fundando um jornal, *Le Conseiller du Peuple*. O golpe de 1852 foi o fim de tudo. Alguns anos depois, amigos e admiradores organizaram uma subscrição nacional para ajudar o poeta e político falido.

Desanimador? São peripécias da política. Deve ser por isso que Jesus Cristo ensinou que a república dos nossos sonhos não pertence a este mundo. O que não elimina a obrigação de lutar para que a cidade dos homens seja menos injusta do que costuma ser.

janeiro 1994

Conversa de bruxos

Estive lendo, estes dias, a curiosa entrevista de Paulo Coelho às páginas amarelas de *Veja*. Não há nada ali de muito novo — deve ser a enésima entrevista concedida pelo famoso autor de romances "esotéricos".

E, mesmo assim, é sempre uma surpresa ver a tranqüilidade com que, hoje, uma pessoa se apresenta como bruxo. Que espantoso final para a civilização racionalista! Pois a tranqüilidade da afirmação está, sem dúvida, ligada ao fato de que tais atributos, hoje, eqüivalem a prestígio — para não falar em dinheiro.

Encontrar *status* semelhante para a magia, na história do Ocidente, exigiria um retorno a épocas realmente primitivas. Gregos e romanos já tinham uma postura mais crítica a esse respeito. Não é preciso recordar o que acontecia com os bruxos no período propriamente cristão (e ninguém desejaria essa sorte a Paulo Coelho, seja qual for a opinião que se possa fazer dos seus livros). E com que desprezo o homem moderno, já bem menos cristão, contemplava os curandeiros das tribos com que cruzava nos azares do Descobrimento!

Nas culturas orientais, o quadro era diferente. O Oriente jamais deixou de conviver com a magia — o que, de certo modo, acabava representando uma defesa contra charlatães de toda espécie. Isso é especialmente verdade de uma cultura como a do Tibet, com o seu perfume de artes mágicas que tanto seduz o desorientado ocidental de hoje. Para um tibetano de bom nível, antes da invasão chinesa, entender de magia seria o equivalente a saber física ou química se ele fosse ocidental: a magia era (ou é) vista como uma técnica, que pode ser bem ou mal usada de acordo com quem a usa. Vale a pena ler a história de como o budismo, para fincar raízes no Tibet, precisou de um patrono que, além de nível espiritual, tivesse também um estoque de artes mágicas para enfrentar de igual para igual os feiticeiros locais.

Por que teria sido diferente no Ocidente? Certamente porque a nossa tradição religiosa gira em torno de uma divindade personalizada; e um judeu do Antigo Testamento via a magia como uma tentativa sacrílega de interferir com os desígnios divinos. O Deuteronômio passa uma sentença fulminante contra os magos, pela boca de Moisés: "Quando entrares no país que Iavé, teu Deus, te concedeu, não aprenderás as abominações das gentes que ali habitam. Não se encontrará em Israel uma só pessoa que passe seu filho ou sua filha pelo fogo, ninguém que pratique a divinação, encantações ou magia, ninguém que use de sortilégios, que interrogue os espíritos, que invoque os mortos. Quem quer que faça essas coisas é abominável a Iavé, teu Deus, e é por causa dessas abominações que Iavé rechaçou essas nações diante de ti."

Não é muito diferente o cenário no Novo Testamento, e com razões ainda mais fortes: se a confiança no Cristo é a pedra de toque da vida religiosa, se o Evangelho diz que não cai um fio de cabelo da nossa cabeça sem que Deus saiba e queira, que tem o cristão a ver com artes mágicas, adivinhações e amuletos?

Poderes especiais foram dados aos discípulos, como o de expulsar os demônios; mas esses "carismas", que hoje fascinam algumas seitas ou até correntes ortodoxas, tinham origem certa: curava-se e exorcizava-se em nome de Cristo, na medida da fé que está ligada ao mistério da Graça. Não há nada em comum entre esse carisma e o individualismo que se associa à figura do mago.

Mesmo (ou sobretudo) no Oriente, os que sabiam das coisas não faziam confusão entre poderes "especiais" e evolução espiritual. Tradições como o budismo e o hinduísmo tomavam o cuidado, em vez disso, de advertir para o perigo inerente às manifestações extraordinárias.

Ramakrishna, expoente ilustre do himduísmo, conta uma história que também aparece em textos budistas: depois de 14 anos passados em duras penitências numa floresta, um homem tinha finalmente adquirido o poder de andar sobre as águas. Cheio de alegria, ele foi procurar o seu guru, e lhe disse: "Mestre, tenho agora o poder de andar sobre as águas." Levou imediatamente um passa-fora do guru, que lhe disse: "Quatorze anos de trabalho para chegar a isso! O que você conseguiu não vale dois tostões. Qualquer um pode atravessar o rio dando uma moeda ao barqueiro, e você precisou de 14 anos para alcançar o mesmo resultado!"

No mesmo livro de citações de Ramakrishna, editado em francês pela Albin Michel (*L'Enseignement de Ramakrishna*), há um trecho mais doutrinário e mais duro sobre os adeptos da bruxaria: "Não freqüenteis os que produzam milagres, nem os que se gabam de seus poderes ocultos, pois eles se afastam do caminho da verdade. O espírito dessas pessoas foi apanhado na rede dos poderes psíquicos que são verdadeiras armadilhas no caminho da realização espiritual. Guardai-vos desses poderes, e não os desejeis em hipótese alguma.

E ainda esta outra: "Um homem chamado Girija veio ver-me na época da minha ascese mais rigorosa. Era um grande iogue. Uma noite, como eu quisesse voltar ao meu quarto, ele levantou o braço e, de sua axilas, jorrou uma luz forte que me iluminou o caminho. Aconselhei-o a não usar esse poder, e a dedicar-se, em vez disso, à realização da Verdade suprema. Em seguida, ele perdeu os seus poderes, mas ganhou em evolução espiritual."

agosto 1994

Choro de violoncelo

O brasileiro, parece, tem dificuldade em lidar com coisas grandes e importantes. O país é enorme — mas nós somos o povo do diminutivo. Tudo que saia de um certo padrão, da melodia prosaica, tende a provocar uma curiosa reação defensiva. Só no futebol aceitaremos a idéia da superioridade?

Tom Jobim é o último de uma longa série. No colégio, lembro da maneira como se tratava o assunto Machado de Assis. Dava-se de barato que ele era o maior escritor brasileiro, mas só para passar, imediatamente, ao lado adjetivo das coisas. Machado — era o assunto — teria sido ingrato com sua mãe de leite, negra: teria voltado as costas ao morro, assim que pôde firmar o pé da cidade imperial. Ou então, fora totalmente omisso em relação à campanha abolicionista. De uma natureza fechada, interiorizada, como a sua, cobravam-se arroubos *à la* José do Patrocínio. E se isso fosse insuficiente, vinha então o julgamento definitivo: homem cético, má leitura para os jovens. E ainda: escritor subserviente aos moldes ingleses, incapaz de sentir a natureza brasileira etc.

Do lado positivo, não se cuidava: da obra construída com a persistência e a solidez de um clássico; da psicologia brasileira apanhada nos seus desvãos e segredos; da sociedade do império descrita com a finura de um impressionista.

Com Villa-Lobos foi pior. Nem mesmo se dava de barato que ele fosse um grande compositor. Para os americanos, insuspeitos, Villa-Lobos é o maior compositor das Américas, e não só do Brasil. Mas a crítica brasileira de hoje ainda gasta tempo e papel numa obsessiva procura dos seus defeitos "estruturais", na enumeração das obras fracas (impossível que não existam, num catálogo de mil peças; mas por que a ênfase nas fraquezas, como se esta fosse a "verdade" sobre Villa-Lobos?).

Na descrição geral da figura, de novo os adjetivos: ele era cabotino, usava perfume Royal Briar, era desbocado, contava histórias inverídicas, serviu à ditadura etc, etc. Depois disso, não sobra tempo nem espaço para refletir sobre a estupenda seqüência dos *Choros*, sobre o esforço pedagógico que produziu o *Guia prático*, multidões de regentes de coro, sobre o mistério de alguém que não era pianista e criou uma linguagem nova para o piano.

Tom Jobim, esse sabia quem era Villa-Lobos; e talvez por isso tenha suportado com alguma paciência as críticas de má vontade, as acusações de que "americanizava" a nossa música. Quase se pode dizer que Villa-Lobos foi para Tom o que Bach foi para Villa-Lobos. É em Villa-Lobos que ele parece pensar quando sonha mais largo em termos de orquestração. É impossível ouvir "Matita-Perê" e não lembrar de Villa-Lobos, ou não perceber que o violoncelo — instrumento de Villa-Lobos — vai-se infiltrando na imaginação de Tom, sugerindo baixos, linhas melódicas, todo um clima de floresta, de cipós e igarapés.

Uma outra vertente de Tom é a mozartiana. De que músico se pode dizer que fez tanta música com tão pouca nota? Só me lembro de um caso parecido: o dos concertos para piano de Mozart. Tom nem precisava ter feito o "Samba de uma nota só". Ouça-se a linha melódica do "Corcovado" — umas notinhas choradas, que custam a sair do lugar, que se movem em graus conjuntos, como que preguiçosas de ganhar mais espaço...

Não é falta de música: é sobra de música. Com essas notas pingadas, ele fez do riquíssimo movimento musical brasileiro um fato internacional. Devíamos ser-lhe gratos por isso. O incrível é que alguém tenha achado isso ruim.

dezembro 1994

Sonhos bolivarianos

Carlota Joaquina, de Carla Camurati, está passando nos cinemas. Ainda não fui ver. Ibope feito com amigos que foram dá resultado equilibrado: uns gostaram mais, outros menos. Imagino que Marieta Severo esteja ótima como a feroz rainha espanhola — que acabo de encontrar, retratada em idade adolescente, nas paredes do Museu do Prado. Só não gostei de saber que, mais uma vez, escolheram para D. João VI o enfoque caricato.

Que sina! É verdade que sempre existem motivos para isso. Ele não é nada épico, o reizinho gordo, de beiço caído, com aquele chapéu de bico que não lhe assenta muito bem. E depois, o resto das histórias, que ele tinha hemorróidas, ficava se coçando, guardava coxas de galinha no bolso das calças, de onde as tirava com a mesma mão que... argh!

Mas será isso o que define um homem, e sobretudo um estadista? O dr. Johnson, que foi um grande homem, também não gostava muito de limpeza, e era escrofuloso...

De D. João VI, são menos interessantes os detalhes escatológicos que o papel histórico, de verdadeiro fundador deste país. Dizem que ele borrava-se de medo à simples idéia de que os franceses iam invadir Portugal, e que a saída de Lisboa foi uma fuga em grande estilo, pelo mar. Pois o fato é que a escapada também representou um belo lance estratégico — e Napoleão parece que registrou isso, no *Memorial de Santa Helena*. Do outro lado do oceano, a corte portuguesa estava livre para continuar a existir, fizesse o que fizesse o baixinho megalômano.

Mas D. João VI foi além da simples escapada. Gostou, mesmo, do Brasil (ao contrário da irritadiça Carlota, que daqui não queria levar nem o pó nas sandálias). Criou, uma a uma, as instituições que fazem um país — sem esquecer Imprensa Régia, Jardim Botânico, Biblioteca

Nacional. E quando ia voltar para Portugal, deixou claramente insinuado ao príncipe Dom Pedro que, em caso de necessidade, proclamasse o país independente e fosse o seu primeiro monarca.

O filho, como se sabe, adotou o conselho, e assim engrenou a sucessão de monarcas no Brasil. Foram só três; mas, somados, preencheram oito décadas. Pode ser isso o que faz a diferença entre o Brasil e esses países da América espanhola que estão sempre às turras com a própria identidade. Oitenta anos de reinado e império deram ao Brasil uma estabilidade e um sentido de nação de que os nossos vizinhos simplesmente não parecem dispor.

A "guerra no fim do mundo" entre Equador e Peru mostra, mais uma vez, como são frágeis as fronteiras do antigo império espanhol. Por que surgiriam fronteiras autênticas, naquele vasto desmembramento de Vice-Reinados, Gran Colômbias, Gran Peru e quejandos? Por falta de algum tipo de argamassa que existia aqui, ficaram todas essas entidades políticas com alguma coisa de precário, de artificial.

Lá está, em *O labirinto da solidão* (Octavio Paz), a descrição comovida de um México que é, para o autor, como um bolo em camadas, onde não se misturam direito a camada superior (espanhola) e os subterrâneos aztecas, toltecas. O bolo, mais uma vez, parece a ponto de desandar. É quase a mesma história no Peru, na Bolívia ou na Venezuela.

Mal consolidados internamente, esses herdeiros do império espanhol também dependem, para o entendimento regional, de utopias como a de Bolívar, onde uma retórica altissonante parece, às vezes, planar tão acima do chão quanto as neves do Chimborazo. Não admira que, na hora de discutir coisas concretas, eles se enredem num lamaçal de discursos prolixos, de sentimentos conflitantes. Se você não sabe quem você é, também passa a ser difícil admitir a existência do outro, a realidade do outro.

Um diplomata que andou metido nas febris reuniões do antigo Itamaraty, tentando achar uma fórmula de armistício que aquietasse peruanos e equatorianos, comentou particularmente que à noite, com o travesseiro, desenvolve longas reflexões sobre a sabedoria do Barão do Rio Branco, que foi resolvendo na conversa os problemas da fronteira brasileira — e que fronteira!

São artes antigas, que parecem traduzir uma certa estabilidade emocional — ou nacional. Não posso deixar de imaginar que isso tem alguma coisa a ver com o rei gordinho que, em São Cristóvão, entre uma e outra coxa de galinha, pensava na peça que ele tinha pregado ao ilustre Bonaparte.

fevereiro 1995

Brinquedos proibidos

Fanáticos japoneses usam gases venenosos no metrô de Tóquio, e o mundo inteiro sente os efeitos da intoxicação. Tudo aponta para os adeptos da seita Aum Shinrikyo e seu estranho guru, que brincavam de guerra química e de fabricar artefatos nucleares.

Aonde vão, afinal, essas seitas? — há de perguntar-se o homem da rua. Elas já fizeram os seus estragos. Muitas têm uma fixação "funerária", como ficamos sabendo desde o famoso caso Jim Jones. Os fanáticos do Texas iam morrer todos juntos, quando a polícia cercou as suas instalações. Os da Suíça também usaram o suicídio coletivo. Mas, até agora, era o suicídio "deles". No Japão, o mecanismo de destruição voltou-se para o mundo exterior: se uma seita cultua a idéia do Apocalipse, do Juízo Final, não lhe custa muito trabalhar para que essa profecia se realize.

Dirá uma pessoa de bom-senso: tudo isso é muito menos um problema "religioso" do que paranóia, psicose, formas especiais de maluquice num fim do século onde os valores se esgarçaram. A seita, nessa interpretação psicológica, é o casulo onde vão esconder-se pessoas inabilitadas para um contato direto com a realidade. E por esse mesmo defeito de origem, seus membros podem ser levados a acreditar que a realidade, do jeito que está, não vale mesmo a pena; que é hora de levantar vôo em direção a algum outro plano de experiência, mesmo que isso implique em fazer a "última viagem".

Assim desembocamos no que já se disse sobre o próprio sentimento religioso. Acusou-se muito o cristianismo de não saber ou não querer enfrentar os problemas deste mundo porque está sempre pensando no outro — base da teoria marxista da alienação aplicada ao universo religioso. Daí para pôr tudo no mesmo saco, e afirmar que a "ilusão religiosa" é a fonte de problemas como o da seita Aum Shinrikyo, a distância é pouca.

Mas também se pode ir por um outro caminho, e dizer que loucuras como a do metrô de Tóquio, ao invés de diagnosticarem um caso agudo de intoxicação religiosa, traduzem, ao contrário, os efeitos de um recalque do sentimento religioso — do que, em francês, a psicanálise chamaria de *refoulement*.

O nervo religioso é o que pode haver de mais natural no homem. Está na base de todas as grandes civilizações: a cristã, a muçulmana, a indiana. Até muito pouco tempo, a cultura da China e do Japão mergulhava suas raízes no budismo. E mesmo um povo considerado "primitivo", como os índios *sioux* da América do Norte, que agora conhecemos melhor com base em depoimentos de seus últimos representantes, era capaz de viver embebido no sagrado, fazendo da natureza uma leitura "religiosa" altamente poética que os sociólogos simplificam e desvirtuam ao chamá-la de animismo.

Depois, veio o *refoulement*, o recalque. Desde a filosofia das luzes, passou-se a considerar o fato religioso como sinônimo de atraso. O cientificismo caminhou na mesma direção, fazendo ainda mais barulho. A história do século XX, que agora está chegando ao fim, acabou sendo, assim, a história de religiões de segunda mão, de *Ersatz* da experiência religiosa. Só isso pode explicar a ascensão e queda vertiginosa da proposta dita socialista na Europa oriental — uma religião leiga que tinha os seus santos, a sua Inquisição, a sua idéia de Paraíso e de Juízo Final. Só isso pode explicar o delírio de um povo tão prático quanto o chinês em torno do Livro Vermelho do presidente Mao.

O nervo religioso ficou incubado, recalcado. Infeccionou. E rebenta agora em tumores que são esses chefes de seita de aparência estranha. Alguns simplesmente loucos; outros, manipuladores da loucura dos outros, cobrando fortunas por um copo de água retirada do banho do guru.

abril 1995

A era teocrática

Harold Bloom, no seu *O cânon ocidental,* diz que estamos entrando numa "era teocrática". É bem possível que ele esteja certo, dada a freqüência com que textos sobre teologia ou algo parecido com isso são publicados em jornais e revistas. *Veja* acaba de abrir enorme espaço às idéias de uma teóloga alemã; e embora a revista reconheça que o livro da sra. Ranke-Heinemann foi escrito com raiva, nem por isso deixa de subscrever suas linhas mestras — a tese da postura "tenebrosa" da Igreja de Roma em relação ao sexo.

Santo Agostinho é desancado logo no início como o homem que estabeleceu a relação entre sexo e pecado original. Este é um assunto muito debatido entre teólogos de verdade. Ao que me consta, é mais freqüente associar o drama da Queda a um problema de orgulho. "Sereis como deuses", diz a serpente para induzir Eva a comer a maçã. Eva acredita; e assim, segundo a Bíblia, a humanidade sai do estado paradisíaco e entra nessa vidinha que nós conhecemos.

Santo Agostinho foi, em sua juventude, um grande sensual — há quem diga que até no plano do "amor grego". Em sua escalada para estágios superiores da vida religiosa é possível, assim, que o problema maior, para ele, residisse no sexo, ou na sensualidade de um modo geral. Poderia vir daí a ligação que ele estabeleceu entre o sexo e a Queda. Diversas linhas protestantes, e até católicas (como os jansenistas), acompanharam essa preocupação, da qual resulta, às vezes, uma teologia severa.

Agora, por que Santo Agostinho se tornou Santo Agostinho, e deverá durar mais do que as teses de alguns teólogos modernos? Não será porque ele chegou a uma realização esplêndida como homem da Igreja e como ser humano? Por que, ainda hoje, o que ele escreveu, e que equivale a uma biblioteca inteira, fornece o que os ingleses chamam de *compulsive reading?*

Pesquisas "arqueológicas" na teologia cristã podem produzir curiosidades; mas frases fora de contexto, escolhidas com malícia, não dão a visão abrangente de uma época, nem ajudam a entender por que um homem como Agostinho de Hipona pensou do jeito que pensou.

Parte do que ele escreveu está efetivamente "datado" — por exemplo, certas interpretações históricas que se encontram na *Cidade de Deus*. Mas o leitor não preconcebido que pegar as *Confissões* (ou mesmo a *Cidade de Deus*) pode sentir, hoje como em qualquer época, que as deficiências "de época" foram consumidas e superadas no seu processo de crescimento interior; que ele foi, até o fim, um homem apaixonado, capaz de expansões líricas ("Tarde te amei, beleza sempre antiga e sempre nova...").

Essa força e essa paixão é que deveriam ser explicadas, se se quer fazer o ajuste de contas com uma grande figura do século IV.

O mesmo se poderia aplicar a um São Francisco de Assis, ser humano riquíssimo que também tinha alma de poeta, e depois se entregou a penitências assombrosas. No fim da vida, parece que ele se arrependeu de ter tratado tão mal o seu "irmão corpo". Mas por que, num certo momento, ele teria entrado nessa via ascética de faquir indiano, andando descalço com uma túnica de saco? Se ele foi um masoquista, ou um desequilibrado, por que se fala até hoje nele, e por que os conventos franciscanos continuam a colorir o mapa do mundo cristão?

A verdade é que a nossa época, de um modo geral, não entende a Idade Média; não entende uma civilização que não esteja fundada sobre o princípio do prazer. Ou seria o caso de falar de uma hierarquia de prazeres?

Conta a deliciosa *Légende des trois compagnons*, escrita no tempo de São Francisco (século XIII), e falando de um período anterior à sua conversão: "Alguns dias depois do seu retorno a Assis, ele foi escolhido como chefe de uma festa por seus companheiros, e encarregado de fixar as despesas como melhor lhe aprouvesse. Fez então preparar um festim suntuoso, como ele já tinha feito outras vezes. Depois do banquete, saíram da casa, e os companheiros o precediam pela cidade, cantando.

Ele ia atrás sem cantar, tendo na mão um bastão para significar que era o chefe. E, sem aviso, ele foi visitado pelo Senhor, e o seu coração se encheu de uma tal doçura que ele não podia falar, nem mover-se, nem ouvir, nem sentir nada além dessa doçura que o tinha tornado totalmente estranho a todas as sensações da carne. E, como ele disse mais tarde, se naquele momento quisessem cortá-lo em pedaços, ele não teria podido nem fugir nem se mexer."

Diria um budista que ele teve, ali, uma iluminação. Essas experiências extraordinárias não acontecem a qualquer um; e nem é bom ficar procurando por elas numa vida religiosa normal, dizem em coro budistas, hinduístas e católicos.

O que há, em toda vida religiosa, é a intuição de que existem mais coisas entre o céu e a terra do que sonha a nossa vã filosofia; e de que, para ter acesso a essas coisas, é preciso fazer certos sacrifícios. Para quem quisesse segui-lo, o Cristo nunca falou num mar de rosas, e sim num "caminho estreito".

E o sexo com isso? O meu amigo frei Clemente Kesselmeier, franciscano cheio de poesia como o fundador da sua ordem, diria, se não estou sendo infiel, que o sexo é uma das coisas lindas que Deus criou. Mudou o sexo ou mudaram os padres?

Nem uma coisa nem outra. Cada época tem a sua linguagem própria; não se pode falar ao homem de hoje como se falava no século IV. O problema começa quando o sexo passa a ser o termo de aferição para a aventura humana — inclusive nas mãos de algum *soi-disant* teólogo.

Nesse caso, data vênia todas as descobertas do dr. Freud, tem-se a impressão de que o rabo passou a abanar o cachorro.

março 1996

Réquiem para Gorbatchov

Análises e cálculos eleitorais estão sendo feitos aos montes na Rússia que foi às urnas para escolher presidente. A perspectiva é de que uma aliança entre Yeltsin, Lebed e Yavlinsky acabe por sepultar as esperanças de retorno dos comunistas, assegurando a continuação do processo reformista. O homem que desencadeou todo esse processo, entretanto, ganhou uma sepultura ainda mais funda — 0,5% dos votos — e deve encerrar a sua carreira.

A política tem dessas coisas. Winston Churchill foi derrotado nas eleições de 1946, alguns meses depois de terminada a luta que ele liderou contra o nazismo. O russo comum dirá que Gorbatchov merece a sepultura, porque levou o seu país a uma situação de miséria e confusão. Mas o que teria sido a história sem ele?

Com toda a probalidade, algo de infinitamente mais sangrento. O sistema soviético ia cair; estava afundando continuamente, ano a ano, depois mês a mês, semana a semana. Mas há maneiras diferentes de cair. Veja-se a Coréia do Norte, fechada na sua raiva, incapaz de mudar coisa alguma, enquanto o povo passa fome.

Quando Gorbatchov assumiu o poder, em março de 1985, o sistema ainda parecia inteiro; ainda era ameaçador. A primeira conversa entre Gorbatchov e Ronald Reagan foi preparada, pela imprensa americana, com rufar de tambores. Temia-se o que podia acontecer a Reagan diante de um político que já se considerava brilhante, antes de ver o que ele podia fazer. Reagan, um pouco adiante, levou vantagem. Acelerou os gastos com armamentos, criando um tipo de corrida que a URSS não podia acompanhar.

Tudo isso poderia ter causado, do lado russo, uma reação de pânico, de ressentimento absoluto. Era difícil decretar, sem mais aquela, que um projeto em que se investiu mais de meio século, que custou milhões de vidas humanas, tinha encerrado o seu ciclo vital.

Gorbatchov, na verdade, não queria acabar com o comunismo — esse é o grande paradoxo. Ele era um comunista convicto. O que queria era reformar o sistema. Na verdade, era tão convicto que, mesmo de posse dos dados mais desanimadores, acreditou na reforma.

Foi engolido por ela — e está sendo cobrado por isso. Mas antes que a casa caísse, ele fez o que o torna único em toda a história russa: contou a verdade. Lançou em circulação uma palavra — *glasnost* — que significa transparência. Nessa centelha de luz, os russos viram o que jamais tinham visto.

Foi Churchill quem disse, num momento de inspiração, que a Rússia era um mistério envolvido num segredo, ocultando um enigma. Assim se governou a Rússia pelos séculos dos séculos — e o regime de Stalin não foi nem um pouco diferente dos outros. Para garantir o segredo, estendeu-se por toda a Rússia a rede do Gulag — os campos de prisioneiros para quem tivesse a menor veleidade de contestar a verdade oficial registrada pelo *Pravda*.

Para que esse sistema pudesse se manter, a Justiça soviética abriu mão de toda e qualquer independência. Foi a época dos processos políticos, que seriam depois copiados pelos outros países do sistema socialista. O Gulag significava, de modo geral, uma condenação à morte, pela dureza das condições de vida em territórios gelados. Sem fornos crematórios, o sistema chegava, da mesma maneira, à eliminação maciça e indiscriminada dos seus oponentes.

Houve um momento, nos anos 50, em que o pano pareceu abrir-se sobre esse drama: um Nikita Krutschov ainda novo no poder, e desejoso de exorcizar uma parte desse passado, subiu à tribuna do Soviete Supremo para apresentar o famoso relatório sobre os crimes de Stalin. Seus camaradas respiraram com alívio. Mesmo eles, membros da cúpula, sentiam na nuca o bafo da polícia secreta.

Com a denúncia de Krutschov, terminava o terror dentro do partido. Para o povo russo de um modo geral, também parecia iniciar-se o período do "degelo", como se chamou na época. E em 1962 o próprio Krutschov autorizou a publicação do primeiro livro importante de Soljenytsin, *Um dia na vida de Ivan Denisovitch*, que conta a história de um interno num campo de concentração.

Mas Krutschov era muito imprevisível e personalista para o padrão de governo burocrático que, naquela altura, já era o resumo do estilo soviético. Foi derrubado em 1964 para que ascendesse o representante típico dessa burocracia: Leonid Brejnev. A cortina fechou-se de novo. Os anos 60 foram duríssimos em termos de repressão política (Praga 1968 fazendo eco a Budapeste 1956). O resto da história é conhecido. A KGB continuou a funcionar a pleno vapor, e o Gulag durou até o colapso final do sistema.

Pode-se discutir o papel de Gorbatchov em tudo isso. Que ele cometeu erros políticos graves, é indiscutível. Para fazer as reformas que queria, aumentou a centralização do sistema, aumentou o índice de russos nomeados para as administrações regionais. Crises localizadas como as do Azerbaijão e da Armênia anteciparam a da Chechênia.

Mas ele fez duas coisas que compensam tudo o mais: deixou partir os países subjugados do Leste europeu, consciente de que a era imperial estava acabada (e, por causa disso, ia sendo derrubado pela linha dura); e, sobretudo, criou um outro estilo de governo. Bastava olhar para ele e ver que ali estava um político da nova geração; um rosto que já não era o dos Andropovs e Chernenkos: o representante de uma nova era. "*I like him*", disse Margaret Thatcher quando o encontrou pela primeira vez. Quem teria dito isso dos líderes russos anteriores, com seus sinistros chapéus e rostos fechados?

Depois dele, tudo pareceu dar errado. A abertura se transformou num arremedo de abertura, e o próprio Bóris Yeltsin, para ganhar as eleições, recorreu a métodos (e pessoas) do passado. Mas a *glasnost* deu, pelo menos, uma idéia do que estava escondido nos subterrâneos. O suficiente para que o povo russo pareça disposto, apesar de tudo, a continuar com a experiência da abertura. Se a experiência der certo, talvez Gorbatchov encontre, algum dia, reconhecimento pelo que fez ou tentou fazer.

junho 1996

O anel do Pescador

Os jornais publicaram a foto do papa João Paulo II, em férias nas Dolomitas, andando pelas montanhas apoiado num bastão. É a imagem de um homem muito velho — mesma impressão produzida por recentes aparições na televisão. O que aconteceu à figura que impressionou tanto o Brasil quando aqui chegou em 1980 — visita ainda mais eletrizante porque era a primeira de um Papa a estas terras ditas católicas?

Não é tanto a idade — 75 anos: é o peso do cargo, com um atentado brutal de permeio. Pode ser, também, a sensação de que a missão (ou uma das missões) está cumprida. Imaginem o que significou, para o primeiro papa eslavo, o fim das bastilhas religiosas na Europa oriental. Não muito antes da queda dessas muralhas, na sua Polônia natal, um padre — Popieluszko — foi espancado até a morte porque era considerado inimigo do regime.

João Paulo II participou ativamente dessas transformações. É difícil ignorar a ligação direta entre a sua chegada ao papado, em 1978, e a atividade sindical que, dois anos depois, ia começar a mudar a Polônia e o mundo. A semente foi 1978. Três anos depois, quando o general Jaruszelsky impôs a lei marcial, como alternativa a uma suposta invasão russa, o papa cuidou pessoalmente de proteger a resistência polonesa — operação aventurosa e obviamente secreta que a *Time*, depois, contaria em detalhes.

A Polônia, agora, vai tão bem quanto possível, e sequer precisa mais do homem-símbolo Walesa. Também já não precisa tanto da Igreja católica — pelo menos enquanto a identidade nacional não estiver ameaçada, como muitas vezes foi. Será isso o que enverga um pouco mais os ombros do pontífice?

O fato é que a conversa sucessória começou. Uma certa excitação já é perceptível na mídia, quando se fala em possíveis *papabili*. E quando chegar a hora de escolher um novo papa, teremos mais uma vez o show de comunicação, até o clímax famoso, a fumacinha branca que significa *Habemus papam*.

Num mundo onde as crenças tradicionais cedem terreno à ofensiva das seitas, como explicar esse duradouro fascínio da liturgia romana? Uma certa corrente de opinião poderia dizer que, desta vez, é o desejo de ver pelas costas um "reacionário polaco"; a esperança de ter um papa "afinado com os novos tempos". Fraca explicação (embora João Paulo não esteja no auge da popularidade). A expectativa seria a mesma se outro fosse o papa, e outras as tendências da opinião pública.

A verdade é que, com tudo o que já se escreveu sobre os "subterrâneos do Vaticano", o fascínio persiste, e envolve numa aura especial o ancião que caminha pelas Dolomitas, ajudado por um bastão. É o fascínio de algo que não se explica pelos processos normais de raciocínio.

Uma seita nova tem diversos atrativos. Primeiro, por ser nova. Segundo, por não mostrar esses ranços de teimosia de que se acusa o catolicismo tradicional. Terceiro, porque, por esses mesmos motivos, seus membros têm a língua solta, a retórica desembaraçada. São, eles mesmos, fruto da sua época.

Com a Igreja de Roma, é diferente. Não se trata de inventar nada, e sim de dar seqüência, de ser fiel a uma tradição que começou há dois mil anos (o que não impede colossais faxinas internas, verdadeiros terremotos como foi o Concílio Vaticano II). O papa pode ir vergando aos poucos; pode bocejar nas grandes cerimônias públicas, sempre acompanhado por uma lente implacável. Mas ele não precisa ficar angustiado com isso. Ele não inventou a doutrina a que dedicou a sua vida. Sabe que ela não foi o resultado de um habilidoso esforço de marketing. Sabe que o seu sucessor, seja ele quem for, vai respeitar esse "caminho estreito" que vem do fundo dos tempos, seja ele um santo como Pio X ou um puro homem de guerra como o renascentista Júlio II.

Há quase 200 anos, quando as tropas de Napoleão invadiram o Vaticano e o papa Pio VII teve de entregar todos os seus bens, antes de ser levado prisioneiro, ele só não entregou uma coisa: o anel do Pescador. Porque aquele anel, ele explicou a um oficial francês que hesitava diante da ofensa última, só podia ser entregue ao seu sucessor. Pode ser aí que resida o mistério: no anel; e no que está por trás do anel.

julho 1996

A invenção da modernidade

Houve um tempo, no Rio de Janeiro, em que nenhum concerto importante de piano terminava sem que as senhoras da platéia corressem para a primeira fila e pedissem, como extra: "*Rêve d'amour! Rêve d'amour!*" Era o *Sonho de amor*, de Liszt, protótipo da música romântica light. Fora disso, também se ouviam muito as *Rapsódias húngaras*, o que confirmava a imagem de Liszt como um romântico meio farfalhante, muito bom para consumo.

Mas há um outro Liszt que está vindo à tona, 110 anos depois da sua morte, um precursor, quase um pai da música moderna. A esse Liszt, pelo segundo ano consecutivo, o Conservatório Brasileiro de Música e a Pró-Arte dedicam um grande festival, a ser realizado em agosto, no Rio. E dele se encarrega o terceiro volume da biografia monumental de Alan Walker, que acaba de ser publicada nos EUA: *Franz Liszt: the final years*. Musicólogo que ensinou em Londres e agora vive no Canadá, Walker completa, assim, o que começou em 1983 com *Franz Liszt: the virtuoso years*. Não é livro para musicólogos (embora todos tenham muito o que aprender com ele). Walker conseguiu um ideal de biografia não só porque escreve bem: o personagem ajuda e fornece tranqüilamente matéria para esses três gordos volumes (o segundo é *The Weimar years*).

No que sai agora, Liszt já tem 50 anos, e já passou por duas grandes fases de sua vida: os anos de virtuosidade, em que ele embasbacou a Europa fazendo pelo piano o que Paganini tinha feito pelo violino; depois, os anos mais tranqüilos em que a princesa Carolyne von Wittgenstein conseguiu amarrá-lo a Weimar. Desta pequena cidade que tinha sido de Bach e de Goethe, Liszt mandou na música européia; com característica generosidade, ajudou a compositores como Wagner e Berlioz; e, liberado da obrigação das turnês, sentou finalmente para escrever suas composições mais famosas — como a grande Sonata em si menor.

Com o terceiro volume, chegamos à fase final. O casamento com a princesa não foi adiante. Ele está cansado de meio século de emoções violentas. Uma religiosidade que aparecera em algumas fases de sua vida, e que agora se alimenta de um desejo de solidão e interioridade, faz com que ele se instale em Roma, num mosteiro quase abandonado a uma hora da Cidade Eterna. É um espetáculo em si mesmo, esse abandono do mundo pelo maior de todos os pianistas. O mundo, naturalmente, não concorda muito com isso; e um de seus primeiros visitantes, no mosteiro de Monte Mario, é o próprio papa Pio IX. A cena foi devidamente documentada, e aconteceu a 11 de julho de 1863. Depois de conversar um pouco com aquele a quem chamava de "meu querido Palestrina", o pontífice amante da música pede a Liszt que toque alguma coisa para ele. Num piano-miniatura em que faltava um ré, Liszt toca "São Francisco pregando aos pássaros" e, logo em seguida, a sua versão pianística da "Casta diva", ária da *Norma* de Bellini. O papa ficou tão comovido que imediatamente levantou-se, chegou perto do piano, e na sua bela voz de barítono, cantou a ária de memória, com o acompanhamento de Liszt. Não é uma cena que se possa ver facilmente; mas, com Liszt, tudo parece transformar-se em romance. Dessa experiência romana, que durou uns cinco anos, ele passa ao cenário final da sua vida, agora dividida entre Roma, Weimar (para onde ele voltou) e Budapeste, capital do seu país de origem. Todo um capítulo é a sua relação com Wagner, que se casou com sua filha Cosima depois que ela abandonou o primeiro marido, Hans von Bullow.

Por baixo dessa relação muitas vezes tempestuosa estão as bases da música moderna, que ele lançou com imaginação inesgotável e uma ciência da música que deixou para trás a tendência à virtuosidade. Hoje, é difícil imaginar o que teria sido de Wagner sem as harmonias novas e as idéias que já se podem encontrar nesse Liszt da meia-idade.

julho 1996

De vitórias e derrotas

Acabou-se o programa; mas fica na cabeça uma zoada de Olimpíadas. É um belo momento, o esforço humano de superação dos limites.

Foi muito comentado o fato de que o Brasil agora já não depende só do futebol para fazer boa figura. Isso é mais importante do que simplesmente aumentar a chance de medalhas. Significa que, numa mesma competição, podemos conviver com vitórias e derrotas sem que o mundo venha abaixo, como acontece quando se põe todos os ovos numa única cesta.

Acho que assim se chega ao sentido humano dos Jogos — aquilo que o barão de Coubertin tentou exprimir quando disse que o "importante é competir". Há um bocado de idealismo nisso. Todo mundo, obviamente, quer ganhar. Mas é uma coisa boa saber que a derrota também é possível; que ela faz parte do repertório.

Não sendo assim, temos a cara feia dessas Olimpíadas, simbolizada, para mim, naquelas cubanas do vôlei. Ninguém ignora que os cubanos, hoje, vivem numa situação de ratos de laboratório. A tensão do dia-a-dia deve ser insuportável. Quando um grupo é escolhido, nesse contexto, para fazer boa figura — como esse time de vôlei — a pressão só pode aumentar. Se o seu povo passa necessidades, mas você tem uma dieta de luxo para ganhar uma Olimpíada, o que é que o país — e o técnico — não pode exigir de você?

E assim aparecem aquelas caras duríssimas que vimos pela televisão, onde a própria beleza, quando existia, era devorada pela tensão e, por que não dizer, pela raiva: as Carvajal, Torres e companhia. Máquinas de guerra que chegaram ao triunfo; mas, nessas condições, vale a pena o triunfo?

Elas são fruto de um contexto onde a derrota foi banida. E isso é desumano. Foi o modelo de um regime que acabou — mas, em Cuba, ainda agoniza. Por conta disso, gerações de atletas foram submetidas a tratamento especial (e, finalmente, aos anabolizantes). Valia tudo para mostrar a superioridade do regime — que, diziam os compêndios, acabaria por se impor inexoravelmente, segundo uma interpretação *soi-disant* científica da História.

O mundo real é diferente. Nele convivem bons e maus resultados. Se temos consciência disso, os chamados fracassos serão menos penosos; e talvez esta seja até uma forma de evitar fracassos. Se a possibilidade da derrota não tivesse sumido do horizonte, teria o Brasil feito o papel que fez em 1950? Teria, agora, perdido para o Japão, e depois para a Nigéria?

A obsessão da vitória não produz ambientes saudáveis.

Num país como os Estados Unidos, onde há coisas admiráveis, a separação das pessoas em *winners* e *losers* é um sinal de imaturidade, ou até de deficiência civilizacional. Países bem-sucedidos costumam ser assim.

Ingleses e franceses também não gostavam de perder. Mas tiveram mais tempo para dar a volta aos fatos; e isso produz um efeito humanizante.

Pode ter, até, efeitos gloriosos. Gosto de pensar em dois momentos na vida de Cervantes: primeiro, o jovem soldado que combate na batalha naval de Lepanto (1547), onde os turcos foram derrotados pelos cristãos. Cervantes perdeu, ali, a mão esquerda ("para maior glória da direita"); mas não perdeu o ideal heróico. Foi como herói que ele se portou no cativeiro de Argel.

O outro momento é 1588, quando a Espanha vê a sua Invencível Armada arrebentar-se nas costas da Inglaterra. Começa, ali, um declínio que ia durar séculos; e, da mesma forma, a vida de Cervantes desce a ladeira. Ele acaba na prisão, por dívidas. Mas é na prisão que ele escreve o *Dom Quixote*, livro que vale por toda uma literatura. O *Quixote* não poderia ter sido escrito num clima triunfalista. Ele é, em vez disso, a história-modelo da desilusão humana — mas feita de um modo que nos faz rir o tempo todo. Dom Quixote confunde os moinhos de vento com gigantes; em seu esquelético Rocinante, ataca

Deus e todo mundo pensando estar desfazendo injustiças — quando está apenas cometendo maluquices. Daí nasceu o adjetivo "quixotesco", indicando aquele que não avalia muito bem a realidade, e acaba quebrando a cara.

Ninguém quer quebrar a cara, conscientemente. Mas, como explicou Santiago Dantas num ensaio genial ("*Dom Quixote*, um apólogo da alma ocidental"), o que seria do mundo se desaparecessem os temperamentos quixotescos? Eles podem se dar mal em suas empreitadas, enquanto os pragmáticos colecionam vitórias. Mas é através dos quixotescos — ou idealistas, se quiserem — que uma espécie de misteriosa balança é equilibrada, e que o mundo continua a ser um lugar onde vale a pena viver.

Aliás, toda a nossa civilização foi construída sobre um símbolo de fracasso: a cruz.

agosto 1996

Uma aula de Stravinsky

A *Poética musical* de Stravinsky está finalmente à disposição de quem só lê português. E com ela um belo desafio intelectual e uma boa dose de surpresas. O livro inclui as seis conferências que Stravinsky fez em Harvard, no semestre 1939-40, dentro da prestigiada série Charles Eliot Norton.

O que é poética? Não exatamente o que se imagina. No sentido original dos gregos, é o estudo de uma obra a ser feita, do como fazer essa obra. Assim é a *Poética* de Aristóteles. E assim um Stravinsky de 57 anos, no auge dos seus poderes e da sua verve, se propõe a explicar como ele fez algumas das obras definitivas da música moderna.

É uma concepção clássica — ou até medieval — do processo artístico. "A maioria dos melômanos — diz ele — acredita que o que põe em movimento a imaginação criadora de um compositor é um distúrbio emotivo geralmente designado pelo nome de inspiração. Não pretendo negar à inspiração o papel de destaque que lhe cabe no processo gerador que estamos estudando. Apenas, sustento que a inspiração não é de forma alguma condição prévia do ato criativo, e sim uma manifestação cronologicamente secundária."

Como a inspiração se manifesta? Como uma etapa no caminho do criador que foi despertado por um determinado problema, atraído para um desafio artístico específico. Passo a passo, como um caçador em busca da sua presa, ele vai-se aprofundando no território que delimitou. "É essa cadeia de descobertas, bem como cada descoberta individual, que provoca a emoção — quase um reflexo fisiológico, como o apetite que provoca um fluxo de saliva; essa emoção que invariavelmente segue de perto as diversas fases do processo criativo." Lembra um pouco a técnica de um Balzac: o artista em luta com o seu material, até que, de repente, nasce a centelha: "A idéia de um trabalho a ser feito — continua Stravinsky — está, para mim, tão estreitamente ligada à idéia do arranjo dos materiais e do prazer que a confecção concreta da obra proporciona, que, se o impossível acontecesse, e a obra de repente me fosse dada numa forma perfeita e completa, eu ficaria embaraçado e perplexo com isso, como ficaria com uma fraude."

Nem tudo aconteceu assim em música. Mozart parecia viver em comunicação direta com o Espírito criador. Mas de que maneira esse espírito manifestou-se em Mozart? Em seguida a um trabalho minucioso, beneditino, que lhe foi imposto pelo pai, a princípio, mas que ele acabou realizando com gosto. Mozart foi sendo moldado pelo trabalho e o acúmulo de experiências: foi à Itália, e sentiu o que era o dom melódico; foi à França, e de lá voltou com uma preciosa noção de medida; na obra de Haydn, encontrou as formas onde podia instilar a sua milagrosa musicalidade.

E isso nos remete à questão da tradição, vigorosamente exposta por Stravinsky: "A tradição é inteiramente distinta do hábito, mesmo de um excelente hábito, já que o hábito é, por definição, uma aquisição inconsciente, e tende a tornar-se mecânico, ao passo que a tradição resulta de uma aceitação consciente e deliberada. A tradição autêntica não é a relíquia de um passado irremediavelmente transcorrido; é uma força viva que anima e condiciona o presente. (...) Longe de implicar a repetição do que já foi, a tradição pressupõe a realidade do que permanece. (...) Brahms nasceu 60 anos depois de Beethoven. De um a outro, e sob diversos aspectos, a distância é grande. Eles não se vestem da mesma maneira. Mas Brahms segue a tradição de Beethoven sem tomar emprestadas as suas camisas."

Ordem e disciplina; por incrível que pareça, estas são, para o autor da *Sagração da primavera*, as palavras-chave do seu método. Stravinsky tem uma atitude quase que de pena para com os que não entendem isso. "O capricho individual e a anarquia intelectual que tendem a controlar o mundo em que vivemos isolam o artista de seus companheiros de ofício e o condenam a aparecer como um monstro aos olhos do público; um monstro de originalidade, inventor de sua própria linguagem, de seu próprio vocabulário, do instrumental de sua arte. O uso de materiais já utilizados e de formas estabelecidas lhe é, em geral, proibido. E assim ele chega ao ponto de falar um idioma sem relação com o mundo que irá ouvi-lo. Sua arte torna-se única, no sentido em que é incomunicável, fechada por todos os lados."

Ele cita Maritain: na imponente estrutura da civilização medieval, o artista pertencia à categoria dos artesãos; e à sua individualidade não se permitia qualquer tipo de desenvolvimento anárquico, porque uma disciplina social natural impunha-lhe de fora algumas condições limitativas.

Daí ele deduz a lição central: "É um fato da experiência que encontramos a liberdade na estrita submissão ao objeto". "Não é a sabedoria, mas a tolice que é teimosa", diz Sófocles na *Antígona*, acrescentando: "Olhem as árvores. Acompanhando o movimento da tempestade, elas preservam seus ramos tenros. Se quiserem erguer-se contra o vento, são carregadas." A força, diz Leonardo da Vinci, nasce da restrição e morre na liberdade.

Fórmulas velhas? Mas o grande rival de Stravinsky na construção da música moderna, Schoenberg, totalmente diferente dele sob tantos aspectos, agiu da mesma forma no que se refere à prática musical. Alarmado com o caráter arbitrário que parecia assumir a música na virada do século — liquidação da tonalidade e das formas tradicionais —, Schoenberg inventa o sistema dodecafônico, que, num sentido mais abrangente, é exatamente isso: uma nova disciplina oferecida aos artistas — e às vezes uma disciplina bem árdua. A esta altura do século, os músicos abandonaram a ortodoxia dodecafônica, porque ela parecia demasiado restritiva. Mas todos utilizaram o método como instrumento de trabalho. Inclusive Stravinsky na sua fase final: a do *Canticum sacrum in honorem sancti marcii nominis*. É a tradição viva na música do nosso século.

agosto 1996

O poder da treva

A história das meninas belgas seqüestradas, violentadas, mortas de fome no porão de um degenerado, põe qualquer um em estado de agonia moral. Se você se considera um cristão, ou é adepto de alguma outra religião teísta, a agonia não é menor. Diante do mal em estado puro, pode-se perguntar até onde vai, afinal, o poder das trevas. Se existe Deus, por que ele não interfere em casos como este?

O desafio é tão grande que já houve quem tentasse resolvê-lo apelando para a existência de dois deuses, um mau, outro bom. Nesses tempos de grande confusão, a moda volta. Vi a Xuxa dizer que esta é a sua tese, num *Cara a cara* com Marília Gabriela. Os velhos persas pensavam assim. Não sou entendido nas escrituras de Zoroastro, ou de Mani. Mas se isso pôde ser pensado, nunca foi muito além de um círculo limitado. Um deus mau e um deus bom teriam de entrar em choque; e o efeito dessa luta seria algo um pouco mais tenebroso do que esse mundo que está aí.

Não dá para acreditar no deus mau. Em que pesem todas as artes do demônio, o mal parece muito mais uma carência, um trágico desvio, numa realidade que tem os seus pontos luminosos. Emerson, que tinha o nervo metafísico, chegou a falar no *splendour of meaning that plays over the visible world*.

Às vezes esse sentido não é mais que uma fagulha; e pode sumir de vez quando se esbarra num crime como o da Bélgica. O que fazer, o que pensar para não entrar numa agonia interminável?

Houve outros crimes — muitos outros. Elie Wiesel, sobrevivente de Auschwitz, contou a sua vida em diversos livros; e contou como perdeu a fé constatando o silêncio de Deus durante o Holocausto. Mais tarde, ele discutiu esse assunto com o famoso rabino Schneerson, de

Nova York. O rabino disse a ele que, por causa do Holocausto, acreditava em Deus.

Parece um escândalo. Aparentemente, faz mais sentido assumir a descrença de Wiesel. Mas dá para imaginar o que o rabino queria dizer. Um crime das proporções do Holocausto supõe alguma espécie de reparação posterior, ou superior; alguma espécie de compensação diferente da justiça humana. Ou, então, não se consegue equilibrar o senso moral.

O cético bate no meu ombro e diz: desperdício de metafísica. No fundo, nós somos uns bichos ainda em evolução; e o mecanismo pode perfeitamente desarranjar. Esse pedófilo belga é um monstro, um erro da natureza, semelhante a esses carneiros que nascem com duas cabeças; ou é alguém que tem o seu psiquismo desfeito por algum trauma obscuro.

Acontece que a teoria da evolução é desmentida pela simples multiplicação dos pedófilos. Ao que tudo indica, não estamos melhorando, e sim mergulhando num charco; e quanto mais rico e evoluído o país, parece pior. Se o desvio fosse biológico, as coisas seriam mais simples. Não sentiríamos tanto, não sofreríamos tanto. Estaríamos mais perto dos bonecos de uma fábrica de brinquedos, olhando com uma certa comiseração para o boneco que saiu sem um braço da linha de montagem.

Mas não é assim. O que mais dói é sentir, no fundo da consciência, a noção de uma justiça verdadeira e satisfatória. A ânsia por essa justiça é o que nos faz rejeitar o mundo como ele é, quando se arma o cenário para certas barbaridades.

É, então, um problema da sociedade capitalista? O excesso de dinheiro e de poder leva, mesmo, ao que está acontecendo — e é por isso que, nesse quadro, os países ricos aparecem como vilões. Mas acabar com o capitalismo não resolve o problema moral. Porque o problema moral pede uma solução moral, ou supramoral; nunca inframoral. O comunismo censurava o capitalismo por razões morais; mas ofereceu como alternativa uma solução econômica. Criou, assim, o que Gustavo Corção chamaria de "equação sem homogeneidade". Com os resultados que se viu.

O cristianismo não é alheio à moral nem à razão; mas, às vezes, vai além dessas coisas que podemos entender por nós mesmos. Em São Mateus, a chegada do Recém-Nascido é comemorada com um banho de sangue, o que se chamou o Massacre dos Inocentes, praticado pelo rei Herodes. E isso não tinha explicação. Como explicar à mãe judia daquela época que o seu bebê de um ano foi estripado por um soldado porque ali poderia estar o novo Rei dos Judeus, temido por Herodes?

Escamoteamos essa passagem. Queremos uma religião — e um Deus — que caiba no cotidiano, sem provocar demasiado sobressalto. Ou, então, queremos um Deus que garanta uma certa lógica a esse cotidiano. Os discípulos que andavam com Jesus Cristo pelas estradas da Galiléia também eram, como nós, defensores de um mínimo de lógica. Se o seu mestre era o maior de todos os mestres, se podia fazer milagres, por que não acreditar que tudo terminaria num triunfo espetacular?

Mas terminou de modo bem diferente. E foi num tom de vitória que os inimigos de Jesus indagaram, de frente para a cruz: "Se ele é Deus, por que não se salva a si mesmo?" Se ele é Deus, por que não impede certos crimes? Nem a razão prática nem a razão pura têm resposta para isso. É melhor procurar por outro lado. Por exemplo, no que uma Edith Stein chamava de "a ciência da cruz". Contemporânea de Elie Wiesel, judia como ele, Edith também foi para Auschwitz, mas de lá não escapou. Pode-se dizer que ela conheceu o poder das trevas até o fim. E, apesar disso, dos seus livros jorra luz.

agosto 1996

Na República da Padânia

Giuseppe Verdi, compositor italiano, conseguiu coisas quase impossíveis. Uma delas: produzir, em ópera, um retrato convincente de um homem de Estado. É o que acontece em *Simon Boccanegra*, cujo personagem-título sempre foi considerado um pouco como a personificação do próprio Verdi.

Simon é um pirata que, por eleição popular, acaba se tornando o doge (isto é, o dirigente) da sua amada Gênova. Num dos momentos climáticos da ópera, ele se dirige aos membros do Conselho Político brandindo uma carta que lhe fora enviada pelo poeta Petrarca. No século XIV, Petrarca já pensava em termos de uma nação italiana, e pedia o fim das hostilidades entre Gênova e Veneza. É a causa que o Boccanegra abraça com paixão — o que, nesse caso, produz grande música.

Séculos depois de Petrarca, o próprio Verdi serviria de bandeira na campanha pela unificação da Itália, através das letras do seu nome: em VERDI os italianos passaram a ler Vittorio Emmanuelle, Re D'Italia. E não por acaso: o Coro dos Cativos, em "Nabucco", é um mal disfarçado símbolo do desejo italiano de livrar-se do domínio austríaco. Que pensaria Verdi da onda separatista que agora perturba o seu país, apoiada exatamente na Itália do Norte de onde partiu Garibaldi para as guerras da independência?

Milão, a capital dos lombardos, é também a capital da ópera; e ali os italianos acompanharam, comovidos, a doença final de um Verdi que sempre pensou em termos de uma nação italiana.

Mudou o mundo, desde as campanhas de unificação da Itália e da Alemanha — mais ou menos contemporâneas. Naquele tempo, há pouco mais de cem anos, o Estado nacional era símbolo de libertação.

Sem fazer a sua unidade, os italianos nunca conseguiriam enfrentar os austríacos, ou as outras potências que insistiam em invadi-los ou em ditar normas para o seu território. Do mesmo modo, os alemães viam a unificação como o modo de impedir a repetição da era napoleônica, em que os principados alemães pareciam caixas de fósforo sacudidas pelo furacão bonapartista.

A mentalidade agora é outra. O Estado nacional, neste século, passou de herói a vilão (pois incontáveis foram as barbaridades cometidas em seu nome). Por toda parte, só se fala em enxugá-lo, encolhê-lo, aparar-lhe as unhas, os cabelos, a barba.

No caso da Itália, dizem os separatistas do Norte que estão cansados das diretrizes e dos mandonismos da administração romana. O Estado italiano é, de fato, muito centralizador, tanto ou mais do que o francês. Mas quando se pensa em partir a Itália em dois pedaços, é difícil fugir a uma imagem de egoísmo. Lá está a Itália do Norte, com os seus tesouros artísticos, suas indústrias, suas riquezas. Os pobres do Sul foram lá muitas vezes, mas para trabalhar. Agora, nem isso. Confirmada a divisão, aumentaria, também, o desequilíbrio. O Sul ficaria com as terras difíceis de cultivar, as áreas de domínio da Máfia, o calor, o desemprego. Quanto ao Norte, veria subir em muito a sua renda *per capita,* eliminada a obrigação de dividir seja lá o que for com os primos pobres.

Se o modelo se espalha, isso pode valer, também, para as relações entre países. Num mundo cada vez menos solidário, os ricos ficariam mais ricos, e os pobres mais pobres do que já são. É repugnante pensar que as coisas tenham de ser assim. Pensar que Veneza, de repente, deixa de ser Itália para ser República da Padânia.

Os italianos não estão engolindo a onda separatista. Como são italianos, pode ser que isso resulte em pancadaria. Mas há modos mais civilizados de resolver as coisas.

A Alemanha, por exemplo, que já foi problema para a Europa, alinha-se, agora, do lado das soluções. Quando veio a reunificação, houve um calafrio de medo. Na França, houve quem perdesse o sono pensando em velhas rivalidades.

Mas as coisas tomaram outro rumo. A nova Alemanha caminha, até agora, na direção de um modelo que combina vantagens do passado com as do presente. Desde o fim da guerra, o pensamento federalista só tem feito prosperar. Era assim a velha Alemanha de Goethe, a das regiões — dos Länder, como eles dizem. Agora, à Baviera ou à Renânia vêm juntar-se as províncias do Leste — Brandenburgo, Saxônia, Turíngia, para formar um arcabouço federativo onde o peso dos interesses regionais é muito forte.

Bom exemplo disso foi o plebiscito para decidir o *status* da Berlim pós-queda do Muro. A intenção do Governo era de que Berlim se integrasse a Brandenburgo, de que ela faz parte geograficamente. Mas os bons brandenburgueses acharam que, se isso acontecesse, tudo passaria a girar em torno da nova capital. Resultado: resolveram o contrário. Fica Berlim onde está, e Brandenburgo com os seus próprios centros.

É assim que se resolvem (ou deveriam resolver-se) as coisas, civilizadamente. E eis os italianos, herdeiros dos romanos, recebendo lições de bons modos dos alemães.

setembro 1996

Vícios nossos de cada dia

Danuza Leão escreveu, outro dia, uma crônica engraçada sobre viciados. Falamos muito do problema da droga, ou do álcool. Mas, diz ela, quem não tem esses vícios mais pesados arranja sempre um viciozinho qualquer. Pode ser o de falar mal do governo, o de bisbilhotar a vida alheia, o de colecionar selos — e agora, por que não, a Internet.

Não quero tirar um coelho cristão de uma cartola alheia (nem tenho nada contra um bom jogo de pôquer numa noite de sexta-feira); mas essa listagem de vícios me faz lembrar a bela frase de Santo Agostinho: *Inquietum est cor nostrum donec requiescat in Te.* Inquieto está o nosso coração enquanto não repousar no Criador de todas as coisas.

Danuza pode dizer que isso também é um vício — o dos beatos, carolas etc. Bem, até pode virar vício, quando a pessoa se deixa ficar num estágio meio infantil de experiência religiosa; mas, e se essa curiosa mania apontar para algum tipo diferente de realidade?

A discussão poderia continuar com o argumento de que outra realidade não existe além da que percebem os nossos sentidos; e nesse caso, a religião seria o "ópio do povo", segundo a cartilha marxista.

A diferença está no tipo de civilização que se produz — ou no tipo de ser humano que essa civilização produz. O que faz a nossa civilização diferente das outras, ou das que vieram antes, é que ela nunca chega a se realizar como civilização. Tem consciência quase agônica de alguma carência intrínseca; e, então, a Humanidade produzida nesse contexto passa a ser fundamentalmente inquieta.

A civilização ocidental moderna é a única, dentre todas as que se conhece, que pretendeu instalar as suas bases sobre uma confissão de impotência. Desde o *cogito* cartesiano, erigimos a dúvida como critério da verdade. Quando, depois de muitas e muitas dúvidas, se chega afinal a alguma conclusão, ela acaba parecendo apenas uma verdade transitória, pronta a ser substituída pela novidade mais recente. Assim é, por exemplo, o desfile dos filósofos da moda. Os franceses especializaram-se nisso. Como se queixou Lévi-Strauss, eles querem um novo rei de cinco em cinco anos. Verdades provisórias, que se dissolvem no ar.

Todas as outras civilizações, em grau maior ou menor de sofisticação, firmaram-se sobre alguma espécie de intuição metafísica. E por isso é que não há nada de provisório numa civilização como a da velha China. Eles tinham a tradição deles, e a tradição funcionava, começando com o *I Ching* e terminando em Confúcio (com uma passagem pelo maravilhoso desvio poético do taoísmo). Não era para acabar no dia seguinte, nem para deixar a pessoa eternamente em dúvida. Escreveu Confúcio: "Aos 15 anos, eu me apliquei ao estudo da sabedoria; aos 30, eu andava com passo firme no caminho da virtude; aos 40, tinha a inteligência perfeitamente esclarecida; aos 50, eu conhecia as leis da Providência; aos 60, entendia, sem necessidade de reflexão, tudo o que o meu ouvido escutava; aos 70, seguindo os desejos do coração, eu não transgredia nenhuma regra." (Isso também lembra Santo Agostinho, no final da sua evolução: "Ama, e faze o que quiseres.")

Especialidades chinesas? Não, de forma alguma. Os gregos, por exemplo, eram muito mais inquietos; num certo sentido, inventaram esse nosso mundo moderno, porque também eles foram virtuoses da dialética. Mas lá está a tradição platônica (que se reporta a Sócrates) como uma fonte de conhecimento que atravessa os tempos, que ainda hoje tem os seus admiradores, ou continuadores.

Pode-se ler, nos Diálogos platônicos, a experiência de Sócrates com a verdade. Nada, ali, é fortuito ou provisório: ele está falando de coisas sérias, e por isso ataca os sofistas, criticando a sua incurável leveza mental. O *banquete* apresenta uma bela imagem do homem Sócrates: doido por uma conversa, às vezes seduzido pela beleza de algum jovem (era moda, na época), mas capaz de chegar a um ponto que não tem explicação puramente racional. Alcibíades é o narrador do episódio famoso: Sócrates, de repente, afastando-se do grupo, mergulhando numa meditação interminável, de pé a noite inteira, imóvel sob as estrelas, e depois saindo dali, ao raiar do dia, como se nada tivesse acontecido.

Era uma experiência direta (e forte) do que está além das modas e das filosofias. Sócrates queria levar os seus amigos até esse ponto. E o que é que ele propunha? Algo de tão parecido com o cristianismo que chega a dar arrepios: que filosofar é aprender a morrer.

Alto lá, dirá você; o que é isso? Alguma filosofia niilista no estilo do que se dizia (sem razão) ser o ideal budista? Não: aprender a morrer exatamente como está nos Evangelhos: morrer para o nosso eu de superfície, repleto de desejos, de manias, de preconceitos; alcançar não alguma espécie de fria objetividade, de distanciamento inumano, mas aquela parada estratégica, de trégua nas paixões, de silêncio interior, que ajuda a enxergar um pouco além dessa realidade dura e ao mesmo tempo precária que está aí.

Todas as grandes civilizações fizeram essa experiência, cada uma à sua moda. Houve as que se apoiaram em revelações espetaculares (o caso da civilização cristã, o da muçulmana); houve as que usaram a experiência de um homem — o Buda, por exemplo — como veículo de passagem para a "outra margem". Houve as que partiram do deslumbramento ante a natureza para a descoberta de que, por trás de tanta beleza, alguma coisa devia existir além de um mero encontro arbitrário dos átomos.

É o caso da tão mal conhecida e admirável civilização dos índios da América do Norte, antes da chegada dos brancos. O costume é dizer que eles eram "animistas", que tomavam a Lua e o Sol como deuses. Sequer diríamos que eles formavam uma civilização. Mas eles viam mais coisas que o cidadão comum das nossas metrópoles congestionadas: enxergavam, em cada aspecto da natureza, a manifestação do divino. Formaram algumas das comunidades mais autenticamente "religiosas" de que se tem notícia (no sentido de uma sintonia com o princípio criador). Povos assim não dependiam de vícios para encher o tempo. Tinham coisas mais consistentes para ocupar as suas vidas e os seus corações.

novembro 1996

Variações sobre Mozart

O eterno mistério mozartiano está de volta com o compêndio que o editor Jorge Zahar lança no Brasil em seqüência aos volumes já dedicados a Wagner e a Beethoven. A fórmula é excelente, e funciona aqui como funcionou nos outros: sem os compromissos de uma biografia tradicional, ou de um estudo específico, e sem a limitação formal de um dicionário, o compêndio permite a abordagem através de vários ângulos, mobilizando o conhecimento de diversos especialistas. Neste caso, a organização de Robbins Landon, um dos maiores eruditos mozartianos, garante a seriedade da empreitada.

Nesse grande e belo quebra-cabeças, somos levados imperceptivelmente a lembrar *Amadeus*, o ótimo filme de Milos Forman, que tantos mozartianos ou amantes da música viram como uma ofensa — porque, ali, Mozart aparecia um pouco como um imbecil, com um comportamento irresponsável, rindo histericamente, pulando por cima de mesas e cadeiras (ou escondendo-se debaixo delas).

O filme nunca me ofendeu, pela simples razão de que nunca vi ali uma proposta biográfica, e sim uma fantasia sobre o gênio — e sobre a inveja que os gênios despertam. Mas ali já estava o tipo de pesquisa que quebrava o molde biográfico tradicional; e que nos joga de encontro ao mistério Mozart.

Mistério sem explicação, como todos os milagres da natureza (ou da Providência divina). Leopold Mozart, o pai, sabia que se tratava de um milagre. E aqui está, nos capítulos biográficos do *Compêndio*, esse excelente Leopold, personalidade bem século XVIII, às vezes cético, às vezes austero, tentando encontrar a melhor maneira de encaminhar o seu filho pela vida. Leopold era um músico competente; e procurou usar a mesma competência na organização das viagens que, segundo ele julgava, fariam o seu jovem prodígio conhecido em toda a Europa.

A estratégia funcionou. Mozart andou no colo das cabeças coroadas — da grande Maria Theresa da Áustria, da jovem Maria Antonieta, sua filha (a quem o menino-gênio propôs casamento). Para Mozart e sua talentosa irmã Maria Anna, essas viagens representaram uma infância completamente anormal, uma vida artificial. Mas é opinião de Andrew Steptoe que ele "emergiu de sua infância extraordinária surpreendentemente ileso do ponto de vista psicológico".

Os problemas começam mais tarde, quando o jovem prodígio já não era tão jovem. Não era a mesma coisa ver o pequeno Mozart, de cabeleira empoada, espadinha do lado, improvisar genialmente aos 6 anos e ouvir um Mozart de 20 anos, que tinha crescido de um modo inimaginável, do ponto de vista musical — mas quem podia avaliar realmente esse crescimento? (Esse é um dos pontos mais interessantes do roteiro de *Amadeus*: a situação de Salieri é tanto mais pungente quanto, tendo inveja do gênio que o esmaga, ele sabe que ele mesmo é um dos poucos capazes de avaliar até onde vai essa genialidade).

Leopold multiplica conselhos; por exemplo, por ocasião da visita de Mozart a Munique, em 1777: "Talvez desse certo se você apenas conseguisse a oportunidade de mostrar ao eleitor tudo o que pode fazer, especialmente em fugas, cânones e música contrapontística. Você deve cortejar assiduamente o conde Seeau, dizendo-lhe que comporá árias e balés para seu teatro, sem pedir qualquer remuneração. Caso você tenha de compor música de viola da gamba para o Eleitor Wotschitka, ele pode lhe dizer de que tipo deve ser, e talvez ele possa lhe mostrar as peças de que gosta mais, de maneira a se lhe compreender o gosto..."

Esse padrão durou ainda algum tempo; e Mozart amou e respeitou esse pai: a morte de Leopold, em 1787, foi para ele um duro golpe. Mas o menino-prodígio que nunca tinha tido uma vida normal resolveu, um dia, fazer a sua independência — tanto do pai como do detestado ambiente provincial de Salzburgo; e assim é que se inaugura, em 1782, a sua vida madura, pela qual ele ia pagar um preço alto.

O *Compêndio* desfaz, mais uma vez, a lenda de que Mozart, em seus anos finais, estava condenado à miséria. A verdade, como já tinha mostrado Robbins Landon, é que ele chegou a ganhar um dinheiro razoável, que teria sido suficiente com uma administração doméstica mais sensata.

Deste livro emerge também um bom retrato de Constanze Weber, a senhora Mozart, que os biógrafos ora elogiam, ora destratam. A verdade pode muito bem estar no meio; e é óbvio que Mozart acabou por gostar muito dela. Uma carta de 1789 é exemplo do tipo de humor que Mozart às vezes usava (e que é muito comum na baixa burguesia austríaca da sua época): "Em 1º de junho dormirei em Praga, e em 3? em 4? Com a minha querida mulherzinha: prepare muito deliciosamente o seu querido e mais adorável ninho, pois minha pecinha realmente o mereceu, ele tem-se comportado muito bem e só deseja possuir o seu mais adorável (...) Imagine esse patife: enquanto estou escrevendo, ele está rastejando sobre a mesa e olha para mim de forma interrogativa, mas eu o censuro convenientemente — esse camarada ainda está esbravejando, e mal consigo manter o canalha em seu lugar." (carta de 23 de maio de 1789, com trechos eliminados por Constanze ou por outra mão.)

Isso mostra um Mozart nada convencional. E ele podia, quando queria, ser de uma espontaneidade total. Ou até mais do que isso. Veja-se o texto de um de seus amigos mais fiéis, Joseph Lange: "Nunca Mozart era menos reconhecível como grande homem, em suas conversas e ações, do que quando estava voltado para alguma obra importante. Nessas ocasiões, não apenas falava de maneira confusa e desconexa como, eventualmente, fazia brincadeiras de um tipo que não se esperaria dele, e, na verdade, esquecia-se de si mesmo nesse comportamento (...) Ou ele, intencionalmente, escondia sua tensão interior atrás dessa frivolidade superficial, por motivos que não podiam ser sondados, ou se deleitava ao colocar em agudo contraste as idéias divinas de sua música e essas súbitas erupções de sensaboria vulgar, proporcionando-se prazer ao parecer zombar de si mesmo." Agora já estamos mais perto de "Amadeus"; e, ainda segundo o roteiro do filme, era justamente esse contraste aparentemente absurdo que irritava a Salieri: Deus envia ao mundo a sua criatura favorita; e, vai-se ver, não passa de um debochado!

Rico pelo lado biográfico e no da reconstrução do mundo de Mozart, tanto nos aspectos político e cultural como no das influências que ele sofreu e na descendência que deixou, o *Compêndio* também tem análises musicais importantes. Na parte relativa aos concertos para piano, capítulo essencial na música instrumental de Mozart, há uma observação extremamente interessante: a de que a comparação entre árias de ópera e certos movimentos de concerto revela o gênio de Mozart na caracterização de personagens, ao mesmo tempo em que reconcilia o virtuosismo com as necessidades da expressão dramática. Nos dois casos, escreve Robert Levin, vemos prodigiosa invenção melódica, uma fluida linguagem rítmica e uma voluptuosa textura orquestral.

Levin manda ver, para comparação esclarecedora, as passagens em forma de recitativo nos movimentos lentos de muitos concertos para piano (por exemplo, os de número Koechel 451, 466, 467, 537, 595). "São os concertos e as óperas (e não as sinfonias) que mostram a evolução da idéia orquestral mozartiana nos anos de Viena. A emancipação dos instrumentos de sopro, fundamental no desenvolvimento dos concertos com piano, atinge um momento decisivo com o K450, que abre com os sopros em *obbligato*. Daí em diante, Mozart dá aos sopros um lugar privilegiado dentro da orquestra (nos concertos K482 e 491 eles eventualmente deixam as cordas em segundo plano). Nas sinfonias, isso só vai aparecer com a sinfonia *Praga*, que já é das quatro últimas." É essa relação entre música vocal e música instrumental que talvez explique o charme irrepetível de alguns movimentos mozartianos.

novembro 1996

A descoberta do outro

Peço emprestado esse belo título para dizer que Gustavo Corção, se vivo fosse, estaria fazendo cem anos no próximo dia 17. O que significará esse nome, hoje em dia? Ele parece, às vezes, ter ficado preso no período que representa — um tempo de brabas disputas ideológicas, que entraram por dentro do próprio catolicismo.

Ainda me lembro de um Centro Dom Vital em que Gustavo Corção e Alceu Amoroso Lima partilhavam das mesmas idéias. Era um andar de edifício, no centro da cidade, onde havia várias salas. Numa delas, fazia-se conferências. Em outra, mais aconchegante, instalou-se um toca-discos; e ali podia aparecer Corção para elogiar o Trio de Mozart tocado por Badura-Skoda e outros (não me consta que Alceu gostasse de música).

Os dois, juntos, simbolizavam uma época do movimento católico. Eram inteligentes, cultos, falavam e escreviam bem (Alceu falava melhor). Depois, veio a briga séria. Corção foi descambando para a direita; Alceu, para a esquerda — os dois em grande velocidade. E aconteceu a fratura que ninguém podia sanar, que fez as angústias de um papa como Paulo VI (porque não acontecia só no Brasil, sacudia a própria Igreja). Era um tempo de partidos, de idéias cruas; e até o doce Nelson Rodrigues entrou de rijo na troca de bordoadas. Passou esse tempo, com os seus sofrimentos peculiares, e talvez se possa agora olhar as coisas com um pouco mais de *détachement* (não acabamos de ver Fidel Castro declarar-se comovido ao visitar o papa que ajudou a preparar a derrocada do comunismo?).

O Corção de que gosto de lembrar é o autor de algumas das coisas mais bem escritas que eu já vi em língua portuguesa — começando pelo seu livro de estréia: *A descoberta do outro*. Não era só um livro de estréia: era uma confissão de vida de um homem que se convertera aos 40 anos, que sentia o cristianismo em toda a sua potencialidade vivificante e transformadora, e que, através da sua experiência pessoal, tocava com o dedo numa falha do mundo moderno: a perda do sentimento do Outro, do humano escondido no nosso vizinho.

Neste século terrível que está para acabar, demos espaço demais — e força demais — às abstrações. No fim, vai-se ver, não havia tanta diferença entre os totalitarismos: na Alemanha nazista, tudo tinha obrigatoriamente de fundir-se na pessoa do Führer, assim como na China de Mao só havia espaço para os pensamentos do próprio. O homem comum, esse deixava de existir, sumia na multidão, jogado de um lado para o outro como mero alimento para a fome do Leviatã. Veio tudo abaixo, como não podia deixar de ser. Talvez a queda brusca dos regimes comunistas tenha vindo daí mesmo: de terem eles perdido por completo o sentido do humano. Ali só se vivia de abstrações. Mas a abstração não alimenta (mesmo quando há um mínimo de pão na mesa); chega um momento em que qualquer coisa é melhor do que isso, ainda que seja uma garrafa de vodca.

O cristianismo manda procurar no outro, no próximo, o segredo da vida; porque por trás desse próximo, ou escondido nesse próximo, está o Cristo. É um diálogo entre realidades vivas. Já era assim no velho judaísmo — como Martin Buber ensinou no seu maravilhoso *Ich und du* (*Eu e Tu*). O judaísmo não diferia de outras religiões, como a dos egípcios ou a dos hindus, porque fosse monoteísta (só por ignorância se diz que hindus e egípcios eram politeístas; confunde-se a variedade das manifestações divinas com uma multiplicidade de deuses). Difere, ou diferia, porque iniciou aquele espantoso diálogo direto entre a criatura e o princípio criador. Diálogo que fez tremer o Sinai; e que, no Novo Testamento, assumiu uma forma inifinitamente mais íntima e tocante.

Mas cada um de nós traz no peito a ficção da sua própria divindade. Salvo nos momentos de exaustão, quando se torna evidente a fragilidade da matéria, queremos ver-nos como criaturas autônomas, que só dependem de si mesmas, que existem para si mesmas, para os seus desejos e projetos pessoais. O encontro com o outro é salvador; mas depende de uma certa graça, ou de uma dose de abertura interior. Só então o milagre pode acontecer. Poucas pessoas falaram tão bem disso quanto o Corção de *A descoberta do outro*:

"Falar, conversar, é trocar um vento de vida e de amizade; é brincar em espírito. Todo amigo verdadeiro é um amigo de infância; quem me advertir que eu conheço Marcus ou Alfredo há pouco mais de um ano, ou não sabe contar o tempo pelo meridiano da infância, ou não sabe o que é um amigo.

"Descobrir o próximo não é fazer psicologia; não é penetrar o segredo dos seus nervos machucados, nem espiar-lhe os movimentos pelo buraco de uma fechadura. Todos os nossos recursos naturais são insuficientes e secos diante da prodigiosa banalidade do outro. O encontro com o outro no amor, amigo ou noiva, renova o mundo, inaugura uma contagem de tempo, e faz do chão mais áspero o vestíbulo de um palácio em festa.

"Mas o outro é difícil. O mundo, então, inventou diversas táticas para o evitar, com os nomes sonoros de filantropia, humanitarismo e solidariedade. Foi proposta uma fraternidade sob a singular condição de não se falar em paternidade, ficando assim aquele conceito abastardado e vazio.

"O próximo, com efeito, é intolerável. Sua espessa concretude, seu rosto, seus músculos, seu bigode, nos impelem a derivar nossos bons sentimentos para coisas mais puras e elevadas. Voltamo-nos para a espécie humana, para ideais e causas sagradas. É mais fácil querer bem à Humanidade em peso do que ao vizinho que ouve o rádio a pleno volume.

"Mas, por mais habilidosos e intelectuais que nos tornemos, o outro nos persegue. Ele vem a nós, bate em nossa porta, viola nosso ouvido, segura nosso braço. E logo aquele senso escondido se galvaniza. Queremos esse próximo com proximidade, temos fome, somos pobres que não se contentam com generalidades e generosidades porque têm pressa de pão.

"Somos pobres do outro; como se o sangue das veias não nos bastasse e fosse urgente trocá-lo, numa transfusão quente e viva, de coração para coração. Precisamos do outro para tudo e para nada. Para andar o mesmo caminho, à toa; para estar ao nosso lado em silêncio.

Precisamos da esmola do outro, da esmola viva, dele mesmo, como ele é, outro e próximo."

Para voltar a viver; e para descobrir, na experiência do outro, todos os mistérios da sabedoria.

dezembro 1996

A luz escondida

"Mudou o Natal ou mudei eu?", perguntava, lá pelo início do século, o grande Machado. A pergunta é um pouco retórica. É uma das muitas versões para as formas que pode assumir o desgaste de viver. François Villon, há mais tempo, dizia isso de outra maneira: *"Où sont les neiges d'antan?"* Onde estão as neves de antigamente, aquela pureza absoluta que maravilhava um menino francês da Renascença?

Essa pureza vai sendo machucada pela vida, assim como a neve recém-caída acaba pisada e mudando de cor. Em torno do Natal construiu-se, também, a tão falada febre do consumo.

Mas o Natal resiste. Primeiro, porque é uma ocasião para se liberarem bons sentimentos. Segundo, porque debaixo do Natal comercial continua a existir o Natal verdadeiro, um mistério ainda não esgotado.

Quando se fala em mistério, pensa-se logo num enigma que vai ser resolvido na última página do livro; uma charada que alguém mais habilidoso acaba por decifrar.

Mas o mistério que importa é outro. É a dimensão em profundidade das coisas, que a gente perde de vista enquanto está mergulhado nas infindáveis tarefas do dia-a-dia.

Também não é mistério porque tenha de viver sempre escondido: é algo que vai se revelando na mesma proporção do nosso amadurecimento interior.

Na Igreja primitiva, os catecúmenos (isto é, os que estavam sendo formados, preparados) só assistiam à primeira parte da missa, o que hoje se chama de Liturgia da Palavra. Depois saíam, porque ainda não estavam preparados para o mistério central, que o padre anuncia depois da Consagração. "Eis o mistério da fé."

É neste sentido que o Natal é um mistério. Ele tem um aspecto exterior amável, que ajuda a conservar o seu fascínio: a iconografia do Menino Jesus, do presépio — e já aí há um primeiro desafio, que é a pobreza absoluta em que esse Menino quis aparecer diante dos seus semelhantes; ele que, como rei, recebia as homenagens dos magos do Oriente. Esse despojamento total é o que há de mais humano e comovente no ciclo do Natal (e o que faz mais contraste com os excessos do consumo).

Mas essa imagística quase "folclórica" oculta o mistério maior; o de que, naquele momento, uma realidade divina punha o pé sobre essa terra que nós pisamos, um pé de carne e osso, gerado num ventre de mulher.

Essa "descida", por ser mais concreta, é também a mais dramática de todas as epifanias, de todas as manifestações do divino. Era uma coisa tão difícil de entender e de aceitar que, nos primeiros séculos do cristianismo, houve combate entre visões diferentes do milagre. Uns diziam que aquela aparência humana era só uma espécie de véu, de disfarce da divindade. Outros, no extremo oposto, sustentavam que o Menino, afinal, era um homem como os outros, apenas privilegiado com luzes peculiares.

Não deixa de ser também um mistério que, entre essas visões totalmente divergentes, a Igreja tivesse podido, afinal, desenvolver a sua explicação "integrada", completa, e, por isso mesmo, mais difícil: a da coexistência, no Cristo, da natureza humana e da divina.

Dos grandes mistérios do cristianismo, o da Encarnação é o primeiro, e, num certo sentido, condiciona todos os outros (incluindo o mistério da Virgem, que foi o veículo escolhido para esse improvável casamento entre a esfera divina e a humana). Durante muitos séculos, na história do cristianismo, a Cruz parecia dominar todas as outras realidades espirituais; e por causa disso, na Semana Santa, mergulhava-se num abismo de tristeza.

Que é preciso passar pela Paixão, nenhuma dúvida; é a experiência que cada um de nós acaba fazendo, por mais que deseje escamoteá-la. Mas a Cruz, com a sua potência redentora, com toda a sua força dramática, pode não ser o centro do mistério. Para um Newman, por exemplo, era a Encarnação que ocupava o lugar central (e nisso ele seguia as lições dos seus queridos padres gregos). Ele tendia a não aceitar a noção, muito medieval, de que o Cristo veio à terra exclusivamente para morrer na cruz, e, assim, expiar os nossos pecados. Com a sua mente ampla e indagadora, ele gostava de imaginar que, se não tivesse havido a Queda, o Pecado Original, a segunda pessoa da Trindade encontraria, mesmo assim, um meio de descer à terra, de habitar no meio de nós, completando e transfigurando, com a sua proximidade, o dom da Criação.

O homem pecou, e nesse caso a Encarnação já não podia assumir uma feição gloriosa ou evidente: a Divindade desceu, mas escondendo a sua luz, que só brilhava abertamente em ocasiões muito raras — por exemplo, no monte da Transfiguração, diante de um grupo escolhido de discípulos.

Mas o importante é que ela desceu, e conviveu conosco. Conheceu os nossos fracassos, as nossas limitações físicas e mentais; também as nossas alegrias, a beleza do mundo, o doce vinho da amizade (como se vê na ligação entre o Cristo e Lázaro, ou entre o Cristo e um São João). E, por causa disso, não só nós nos tornamos melhores quando aceitamos essa luz, como ganhamos um intercessor, um advogado, um defensor tanto mais convincente quanto ele ficou sabendo, por experiência própria, o que é viver na terra quando ela deixa de ser o Paraíso Terrestre.

Tudo isso está escondido no mistério do Natal, à espera de quem queira trilhar esses caminhos, explorar essas veredas — e descer ainda que um pouco nesses abismos de luz.

dezembro 1996

Explorações bíblicas

De repente, somos inundados de estudos sobre o Jesus histórico, sobre a veracidade dos Evangelhos, sobre descobertas arqueológicas referentes ao assunto etc. Isso é bom ou ruim? Pode ser uma coisa ou outra, dependendo do espírito da abordagem. Pode ser um trabalho sério de ampliação dos estudos bíblicos; ou pode simplesmente nos remeter para aquele velho apólogo hindu sobre os cegos que cercavam um elefante e iam dizendo, enquanto o apalpavam: o elefante se parece com uma parede; não, ele é exatamente igual a uma cordinha; nada disso: o elefante é um imenso pilar; não, parece mais uma cobra gorda, e assim por diante, dependendo do ponto de aproximação.

A Igreja católica, durante muito tempo, mostrou uma certa ojeriza a pesquisas históricas — talvez como efeito do ataque realizado no século passado pelo chamado cristianismo liberal. A resposta a esses ataques era simplesmente dizer que a verdade dos Evangelhos é uma questão de fé, e quem quiser acreditar, que acredite.

Há muito tempo que essa postura mudou — sobretudo a partir da bela encíclica *Divino afflante spiritu*, de Pio XII, vigoroso estímulo às pesquisas bíblicas. Daí nasceu, entre outras coisas, o Instituto Bíblico de Jerusalém, que produziu a obra notável que é a Bíblia de Jerusalém, exata no texto e repleta de notas elucidativas. Pesquisas sérias também podem ocorrer, como é óbvio, fora do âmbito do catolicismo: os protestantes não estão menos interessados no conhecimento dos textos a que dedicam suas vidas (costumam ser até mais interessados).

Mas também há o caso da exploração sensacionalista, ou de uma assustadora pretensão intelectual misturada de frivolidade. Ficamos sabendo, pelos jornais, de um instituto americano que inventou novas maneiras de testar cientificamente os Evangelhos, através de critérios por ele mesmo estabelecidos. Então, por esses critérios, vai embora todo o evangelho de São João, tido como "não confiável", ou pedaços do evangelho de São Mateus, do de São Marcos etc. E, claro, fica uma impressão de caos no que se refere a esses e outros textos veneráveis.

De novo, o que importa, aqui, é o espírito em que a coisa é feita, a seriedade e a competência do pesquisador. Martin Buber, o grande filósofo judeu, tem um magnífico estudo sobre a vida e a personalidade de Moisés. Nesse estudo, com infinita sabedoria e muito amor, ele se abalança a apontar os trechos que considera mais confiáveis e aqueles em que (tratando-se de textos antiquíssimos) pode ter havido interpolação, acréscimo etc. Pode-se achar o mesmo tipo de observação nas notas da Bíblia de Jerusalém. Mas desse tipo de *approach* não resulta o caos, porque eles sabem onde estão pisando, e sabem que critérios tidos como científicos são apenas uma parte da história.

O que importa ainda mais é a verdade e a riqueza espiritual que possam emanar de um texto. No fundo, esse é o maior critério — um critério que, claro, precisa ser testado por gerações de praticantes. Caso interessante é o da tradição budista. Há dois importantes cânones budistas: o pequeno e o grande (respectivamente, *Hinayana* e *Mahayana*). Os textos, no pequeno, são mais curtos; e os puristas do budismo dizem que, por causa disso, estes devem ser os autênticos. Ilustres personalidades como o dr. Suzuki, entretanto, não fazem a menor cerimônia em usar os textos maiores, porque sabem distinguir, neles, o que realmente interessa.

Um pouco disso se poderia aplicar, na Bíblia, ao Antigo Testamento. A origem desses textos é muito mais complicada (e muito mais velha) que a dos textos cristãos. É fácil verificar que, em alguns pontos, há incongruências, erros históricos, momentos em que o texto está partido, em que a numeração dos pergaminhos parece ter sido trocada. E, no entanto, por amor a esses textos, Israel passou por todas as perseguições: foi massacrado, banido. Só por teimosia? Ou porque dali brotava uma riqueza, uma vida interior que especulação alguma seria capaz de abalar?

Se isso é verdade para o Velho, há de ser ainda mais verdade para o Novo Testamento. Nesse caso, estamos não mais numa época remota como a de Davi e Salomão, mas em pleno calor da História. O Império

Romano é um período arquiestudado; sabemos muito bem quem foi um Nero, um Trajano.

A primitiva comunidade cristã não vivia, então, sob o foco da História. Mas os documentos da época são abundantes. É o caso dos quatro Evangelhos, das cartas de São Paulo, das cartas de Inácio de Antióquia, escritas enquanto ele caminhava, vindo da Ásia Menor, para o martírio em Roma. Não eram pequenos intelectuais à procura de sensação: era gente às vezes muito humilde que estava vivendo uma experiência de exaltação; que, por causa dela, era capaz de ir para a fogueira, de enfrentar as feras.

Simples fanatismo, do tipo que levou os adeptos desse último guru americano ao suicídio coletivo? Bem, o fanatismo pode enganar por um momento; mas uma tradição que percorre os séculos, que envolve todo tipo de personalidade humana, tem tempo e maneiras de testar os seus produtos. Mais do que nunca, é o caso de dizer que a árvore se conhece pelos seus frutos. A personalidade de um São Bento, por exemplo, transparece no equilíbrio da regra que ele deixou para a sua comunidade, e dessa regra vivem, há 1.500 anos, os mosteiros beneditinos, que não são exatamente um antro de maluquinhos.

No fundo, a questão da veracidade dos textos poderia resumir-se numa frase muito antiga de Mestre Eckhart: "O conhecimento vem da semelhança." Por que é que a Igreja parece, às vezes, abusar das prescrições morais, censurar os glutões, os luxuriosos, os avaros? Não é por cacoete puritano: é porque, se alguém quer conhecer o Cristo, tem de viver uma vida parecida com a dele. E ele não era luxurioso, nem glutão, nem avarento. O passaporte para quem queira sair em busca do verdadeiro Jesus é o que foi delineado nas bem-aventuranças: bem-aventurados os pobres em espírito, os mansos, os humildes, os limpos de coração, os que têm fome e sede de justiça. Estes são os que podem ler um texto como o dos quatro Evangelhos e entender do que se está falando.

abril 1997

Poética da revolução

Participei, há dias, de um debate sobre *O que é isso, companheiro?*, filme de Bruno Barreto feito a partir do livro de Fernando Gabeira. Aos participantes da mesa (Gabeira, Sirkis) que se empenharam profundamente no contexto político que o filme descreve, pediu-se que comentassem as aplicações daquilo ao Brasil de hoje. Ouviu-se, então, uma condenação da luta armada como instrumento para a obtenção de ganhos políticos.

Não deixa de ser um avanço, nos termos do Brasil de hoje (e mesmo do daquela época). Mas faltou ir um pouco mais fundo nos conceitos. A luta armada era só a conseqüência da idéia da revolução. Também estamos preparados para abandonar o conceito de revolução?

Isso é mais complicado, e exige uma certa limpeza de terreno. A insatisfação com as sociedades modernas gerou a idéia da revolução. Este é o mito que se projeta a partir das jornadas épicas e sangrentas de 1789. E ainda subsiste um apego sentimental a ele, mesmo quando a razão diz que é hora de escolher outros caminhos. Desse mito é que seria preciso tratar, se queremos passar a outro plano de reflexão política.

Mitos são coisas poderosas. No caso que nos interessa, basta ver como a palavra volta a todo momento: revolução na moda, revolução nos costumes, revolução nas comunicações.

Estas são revoluções normais, se se pode falar assim. A Humanidade não se contenta com o conhecido, e de vez em quando gosta de dar saltos, que é mais divertido do que andar passo a passo.

Mas esta não é a revolução-mito. Também não é mito derrubar um Mobutu, depois de 32 anos de tirania feroz no Zaire. Até são Tomás de Aquino legitimaria um movimento como aquele.

A revolução-mito é a que nasce em 1789, e que ainda em 1968 passeava sua carga de paixão pelas ruas e praças de Paris. Essa revolução é inadministrável, porque significa um corte brutal na realidade; tão brutal que, depois disso, não se pode pôr nada no lugar. Dos ideais de liberdade, igualdade e fraternidade, o 1789 francês passou, já em 1793, ao reino do Terror; e o Terror só acabou quando Napoleão (que era artilheiro) pôs os canhões na rua.

O 1917 soviético, que comemoraria 80 anos em outubro próximo, não foi muito diferente. A ruptura total, radical, abriu espaço para o monstruoso apetite de um Stalin. O que veio depois disso é o espetáculo que oferece a Rússia de hoje: uma desorientação espantosa, uma tentativa aflita de reatar com valores que ficaram para trás no tempo e no espaço; de retomar o fio de uma história interrompida há 80 anos.

A revolução chinesa vai pelo mesmo caminho. De 1949 em diante, tentou-se destruir tudo o que se referia à China antiga (nisto incluídas obras de arte, peças para jogar o *I Ching*, livros e recordações de Confúcio e, acima de tudo, o que havia de mais bonito e característico na China antiga: a reverência aos antepassados, o respeito aos mais velhos).

Certo, a China antiga não era um paraíso; havia muita corrupção.

Mas agora que a revolução, para todos os efeitos, acabou, vê-se praticada no país uma exploração da mão-de-obra que faz concorrência a tudo o que Marx poderia exprobrar nos estágios primitivos do capitalismo. (Curiosamente, não há protestos internacionais contra esse drama humano, ou contra o esmagamento dos tibetanos.)

Mais próximo de nós é o caso do México. O México pré-revolução também não era um paraíso. A revolução de 1910 distribuiu terras (depois de matar muita gente). Mas o fruto do processo revolucionário se vê agora: uma sociedade quase mumificada num sistema rígido de poder; a corrupção mais entranhada do que nunca. Seria preciso fazer uma outra revolução para consertar os efeitos da primeira. Mas com que resultado?

Um psicanalista não deve ter muita dificuldade em desentranhar os fios da revolução como mito: alguma coisa como a "revolta contra o pai" (muito típica no caso de um Mao Tsé-Tung, que odiava o próprio pai), ou a fantasia do adolescente de que o mundo começa com ele mesmo e o que está para trás não tem valor. As origens turvas do mito aparecem até na biografia de Rousseau, quase que o pai da idéia, escritor genial cujo *Contrato social* Tolstói trazia pendurado no pescoço, mas que consignou os próprios filhos à roda dos enjeitados.

Subindo um pouco de plano, seria possível falar no desejo luciferino de negar a origem de todas as coisas; de imaginar que nós, homens, é que fizemos o mundo, e que, portanto, podemos sempre refazê-lo a partir de um imaginário ponto zero.

Por isso tudo, vale a pena lembrar um outro sentido da nossa palavra-mito. Revolução, em física, é o movimento pelo qual um corpo dá um giro completo e volta à sua posição original. É a revolução que a terra executa todos os dias.

Por aí, há algo a pensar. Revoluções fecundas foram, muitas vezes, as que se destinavam a recuperar uma ordem ou um valor perdidos. Assim a Renascença foi em busca do mundo helênico, que a Idade Média tinha esquecido. Assim os músicos modernos (alguns deles) executaram um "retorno a Bach", como forma de compensar os excessos do romantismo.

Stravinsky, que fazia parte desse movimento, explicou perfeitamente as suas bases nas conferências que pronunciou em Harvard, e que se transformaram na *Poética musical*. A música, como as outras artes, trabalha montada em algumas leis fundamentais (e por conhecer essas leis é que o gênio de Bach tem tanta força). Para cada época, há necessidades diferentes, uma linguagem diferente, experiências diferentes. Mas as leis misteriosas estão lá, brilhando como estrelas dentro da noite. Descobri-las, saber como elas funcionam, pode ser uma revolução e tanto.

maio 1997

Preocupações familiares

Seguindo uma carreira de sucesso, vai passar de filme a livro o *Pequeno dicionário amoroso*. O filme, que tanta gente viu, é bem feito e supersimpático. Como se diria hoje, muito gostosinho. E mesmo assim, lembro de ter saído do cinema com um aperto no coração.

É só isso, então, uma relação amorosa, fadada a terminar quando deixa de ficar gostosinho? Se bem me lembro, as primeiras expressões de enfado aparecem no rosto do personagem masculino. A moça, um pouco depois, arranja um outro parceiro; e o filme dá um close na sua expressão final de felicidade. Mas não fica essa felicidade meio tisnada pelo que se contou antes, uma felicidade a curto prazo, que logo vai deixar de existir, para se retomar uma ronda que ninguém sabe onde termina?

Casamentos duradouros estão ficando, evidentemente, muito raros; e a própria Igreja católica, enquanto organiza um congresso sobre a família com a presença do papa, tomou o cuidado de explicar que pessoas separadas e casadas de novo não deixam de fazer parte do rebanho. Mas há nisso tudo uma dissonância meio perturbadora, uma diferença de visão que pode se transformar num muro de incompreensão.

Pela moral do filme, não se deve renunciar a nada. Você vai em frente com um parceiro enquanto isso é fruto de prazer constante. Chega uma hora, pela lei da natureza, em que o prazer diminui; pelo hábito, por pequenos choques de temperamento que podem ir se acentuando; pela comparação entre o seu companheiro e os tipos de beleza que aparecem nas revistas, nos filmes, na televisão. Se não há nada que se oponha a essa tendência, fica a relação condenada àquela precariedade que o filme mostra tão bem.

Abstraindo de dogmas e catecismos, será que isso é uma boa? Numa época de mudanças vertiginosas como a nossa, nunca foi tão importante ler os historiadores e filósofos, saber como eram as coisas em outros tempos. Precisamos desses pontos de referência.

E o que a gente vê, olhando um pouco para trás, é que tudo (ou quase tudo) o que se fez de grande nesse mundo implicou em algum tipo de renúncia, ou num projeto que não implicasse só no bem-estar pessoal. Mozart, para ser Mozart, perdeu definitivamente a infância no dia em que o pai descobriu que ele era gênio, e passou a exibi-lo por toda a Europa, enquanto o submetia a uma seríssima disciplina de estudos. Gandhi renunciou a uma carreira de advogado bem-sucedido para liderar a caminhada dos indianos rumo à independência. Atletas chegaram à vitória nos Jogos Olímpicos porque se submeteram a uma dieta espartana, porque orientaram a sua vida (e os seus lazeres) na direção de um objetivo. Médicos perderam a saúde porque quiseram ficar demasiado perto dos doentes. Kant pôde escrever a *Crítica da razão pura* porque levou, durante anos, a vida mais metódica — e, pelos padrões normais, aborrecida.

Estes são casos extremos. No plano do cidadão comum, durante muito tempo ensinou-se um ideal estóico. Talvez a educação antiga fosse rígida; Talvez ela não levasse suficientemente em conta as diferenças de temperamento (a psicologia progrediu horrores de uns tempos para cá). Mas ela sabia explicar, com razoável transparência, a questão — ou a importância — da renúncia, de algum tipo de abnegação. Ou o fato de que, para chegar a algumas coisa, é preciso abrir mão de outras.

Essa moral andava até pelas histórias de fadas, excelente veículo para princípios tradicionais (que não eram tradicionais por comodismo, mas porque transmitiam um antigo conhecimento). É a história do príncipe que, para chegar ao alto do morro, onde o espera a princesa cativa, tem de fechar os ouvidos a milhares de solicitações que vai ouvindo pelo caminho. Lá está, na *Odisséia*, o velho Ulisses amarrando-se ao mastro do navio para não sucumbir ao canto da sereia...

Na Bíblia, isso é desenvolvido com um pouco mais de consistência — e com uma carga dramática insuperável. Há, por exemplo, a história de Abraão, que espera a vida toda pelo herdeiro que vai continuar a sua estirpe. O herdeiro vem, e faz a alegria da casa. Mas, um dia, chega a ordem incompreensível e lacônica: Isaac deve ser sacrificado no alto de uma montanha que o próprio Javé indicará. Abraão parte, com a morte na alma, mas não pensa em dizer não, porque aquele diálogo com o Altíssimo é a própria essência da sua vida e da sua vocação. Como vocês lembram, Isaac é salvo à última hora pela intervenção de um anjo. Mas quando isso acontece, Abraão já tinha mostrado que, por fidelidade ao seu destino, era capaz de renunciar até mesmo ao que dava sentido à sua vida.

O Velho Testamento às vezes é muito forte para sensibilidades modernas. Mas o Novo Testamento repete a dose. No centro da mensagem do Cristo está a capacidade de renúncia: "Quem quiser vir após mim, renuncie a si mesmo, tome a sua cruz e me siga." E ele mesmo dá o exemplo da abdicação final, morrendo de morte infamante. Como ele mesmo tinha dito, "ninguém tem mais amor do que aquele que dá a vida pelos seus amigos".

Difícil demais? Convite ao masoquismo? Certamente não. Estas são situações extremas e desempenham uma função de símbolo. Mas, no dia a dia, há uma renúncia por trás de toda verdadeira construção. Horas e horas aparentemente perdidas na elaboração de um bom projeto; as horas extras que o professor sério dedica à preparação das suas aulas sabendo que o salário não vai pagar por isso; o trabalho extra de um chefe de família para pagar os estudos do filho.

Somos capazes de entender isso. E, no entanto, quando se trata de relacionamento pessoal, a idéia que se insinua é a do perfeito hedonismo. Você fica comigo enquanto isso me dá prazer. Depois, eu vou à luta e você vai à luta. Os filhos, se houver, vão à luta por sua própria conta. Não admira que o papa esteja preocupado com a família.

julho 1997

As memórias de Schmidt

Com *As florestas*, eis Augusto Frederico Schmidt de corpo inteiro, em seu último livro de memórias, publicado quando ele tinha 56 anos e já não viveria muito. Inumerável Schmidt, que fascinava as pessoas. Schmidt que aconselhou presidentes, que ajudou a formular a política externa do governo Juscelino; que foi o homem de empresas à frente dos supermercados Disco, primeira rede do gênero no país; Schmidt que, muitos anos antes, como jovem editor, lançou Graciliano Ramos, Gilberto Freyre, Marques Rebelo; Schmidt, cujo apartamento da rua Paula Freitas, onde ele vivia em companhia do seu galo branco, era ponto de encontro de diplomatas, escritores, jornalistas... Mas, por trás disso está o Schmidt poeta que escreveu alguns dos mais belos versos da língua portuguesa; e também o Schmidt ser humano, que se derrama generosamente neste livro. Reminiscências de infância e adolescência, do garoto gordinho que se achava inábil para o amor, enquanto amava apaixonadamente; do rapaz pobre que ganha a vida como caixeiro, numa loja, e lê furiosamente nos tempos vagos.

O rapaz pobre acabou aprendendo a fazer dinheiro. Schmidt parte para conquistar o mundo. O miolo do livro tem cenas de viagem de alguém que foi um grande viajante. Descrições como as de Trás-os-Montes poderiam encontrar lugar em *A cidade e as serras*. Em seguida, ele se deslumbra com Nazaré. "Nada vi tão pitoresco, nas minhas não poucas peregrinações por este mundo, como essa vila branca e azul de Nazaré, em frente ao mar, aldeia de presepe perdida no tempo e tão ausente deste mundo..."

Mas o Schmidt que se encanta com a beleza no minuto seguinte é capaz de abaixar-se para sentir a miséria humana. Como quando ele vê, em Paris, uma criança dormindo do lado de um quiosque.

Ou quando descreve um concerto ao ar livre nessa mesma Paris, num dia úmido de domingo.

"Que estranhos seres são esses que vão aparecendo! Mulheres, velhos e velhas, estropiados; pessoas humildes, enfim, numa reunião dos habitantes mais infelizes e desgraçados de Paris... Antigas raparigas chamadas fáceis, que atravessaram anos longos e difíceis... É um público verdadeiramente especial, o dessas sessões musicais gratuitas: gente que não pode ir ao teatro, e só conhece os concertos dos jardins e das praças melancólicas. (...) Toda essa gente derrotada, tímida (...), essas cabeças, mornas e indiferentes, mergulham de súbito no mar da música." Assim é esse Schmidt muito humano, oscilando entre a felicidade que está ao alcance do poeta e uma espécie de tristeza funda. "Tudo o que um homem de mais de 50 anos deve fazer de melhor é preparar-se para a morte. Saber como vai morrer é o que importa."

Como cena carioca, é preciso o retrato da Galeria Cruzeiro, "para onde confluía toda a cidade ao anoitecer". Mas os retratos de pessoas também podem ser impressionantes — o de Getúlio Vargas, por exemplo, apanhado no Catete na véspera da sua morte. O presidente, quase sozinho no palácio num sombrio 23 de agosto, mostra um controle absoluto, enquanto recebe um Schmidt ainda jovem e já metido com os grandes assuntos brasileiros. Getúlio Vargas lhe pede que leia um relatório sobre o problema da alimentação no Brasil. Schmidt lê, mas, a certa altura, não agüenta a tensão que parecia vir de todos os lados e pergunta o que está acontecendo.

Getúlio, estóico de natureza e de formação, diz que está tranqüilo. E, ante o espanto do interlocutor, completa: "Não me faço ilusões sobre o momento. Conheço a gravidade de tudo, mas estou assim mesmo tranqüilo. Não são os acontecimentos de fora que nos perturbam, mas o que está em nós mesmos. O difícil, o que provoca a indecisão, é a necessidade de tomarmos um rumo, uma resolução. Mas quando, enfim, decidimos e sabemos para onde vamos e o que devemos fazer, isso nos tranqüiliza. Eu sei o que devo fazer e para onde vou; e é por isso que lhe digo que estou tranqüilo. Vou numa só direção e para a frente." Palavras sábias e ao mesmo tempo terríveis, vindo de quem estava a um dia do suicídio.

Outros retratos esplêndidos são os de Jayme Ovalle e o de Cornélio Penna, misteriosíssima criatura. Mas logo estamos diante do galo branco, companheiro de muitos anos do poeta; e abre-se a veia confessional: "alguma coisa está acontecendo em mim. É um movimento diferente, um tremor novo, de que só tenho poucos sinais e do qual não me veio ainda plena consciência. Como as águas de um rio que transborda, começo a sentir uma piedade que me exalta e parece querer dominar-se. Piedade por tudo, principalmente pelos desamparados e pobres."

Mais adiante: "Rio-me de certas crueldades: admiro os que jogam com as idéias e às vezes deles necessito, de suas observações, reputando até precioso o comércio com os que possuem o dom da clareza, da agilidade, da inteligência; mas só respeito e só amo, em verdade, os que se revelaram sérios diante da existência, os que procuraram, na medida de suas forças, praticar o bem, afirmar a superioridade do homem num outro plano mais alto que o alcançado pela lucidez do espírito." E logo bate o desalento: "Só não sou realmente bom porque me falta energia, espírito de renúncia e coragem, e não porque me passe despercebido o valor da bondade." Velho drama humano, que se resume em querer uma coisa e não ser capaz de realizá-la. Mas Schmidt fez tanto bem com o que escreveu, deixou tantas e tantas lições de beleza, que, no momento final, o seu balanço deve ter sido mais que favorável.

setembro 1997

Histórias trágico-marítimas

Fui, como toda a torcida do Flamengo, ver o *Titanic* — agradavelmente surpreso ao constatar que não se trata de "cinema catástrofe" no estilo tradicional. A essa altura, já deve ser a maior bilheteria da história do cinema. Por quê? Pela catástrofe em si? Porque todo mundo diz que os efeitos são sensacionais? Pode ser. Outro grande sucesso, *E o vento levou* não era nada além de uma boa história romântica (com tendência a ficar chatíssima no final). Mas, no *Titanic*, me surpreendi pensando em outras coisas.

Há ali, em primeiro lugar, uma história muito bem contada. Estudantes de jornalismo não deveriam perder essa oportunidade de observar a arte do *storytelling* praticada nesse nível. Ótima abertura (o que nós chamaríamos de *lead*); um uso inteligente (ainda que meio óbvio) do *flash-back*; e, depois, um *timing* perfeito. Não é pouca coisa engolir três horas de filme como se não fosse nada. Verídica ou não, a história da velhinha que era a mocinha transfere toda a tragédia para o plano do humano. Não é mais o *Titanic* que está em causa, e sim uma história de amor que vai afundar com o navio.

Até aqui, nada de muito surpreendente. Bons diretores sabem fazer isso — um John Huston, um Spielberg. O curioso é descobrir a carga de mensagens simbólicas disfarçadas (provavelmente sem nenhuma intenção) naquilo tudo.

Detalhe importante: desde o início, não temos a menor dúvida sobre o que vai acontecer; desta forma, se consegue aquele efeito catártico de que se fala nas tragédias clássicas. Também na velha Grécia, uma história como a de Édipo era perfeitamente conhecida; e, assim, ficava mais claro que o que se via era uma reflexão sobre a condição humana (mesmo em relação ao casalzinho do filme, é provável que muita gente já saiba, antes da sessão, quem morre e quem se salva. Não é daí que depende o efeito final).

Voltemos à carga simbólica. É isso o que pode dar significado maior a uma história. E os símbolos, ali, estão quase à superfície.

Primeiro, todos os símbolos relacionados com a água. Os psicanalistas já exploraram essa relação entre a água e a psique profunda. Do fogo, ninguém pode chegar perto. Mas a água é ambivalente. Por um lado, é a fonte da vida; mas também pode tirar a vida, em todas as formas de sufocação. No Antigo Testamento, é pela água que perece a humanidade corrompida (e mesmo se Javé promete que nunca mais vai mandar outro dilúvio, não é por acaso que, também em outras tradições, lá está a água como uma ameaça potencial. Ainda na Renascença, quando começaram os Descobrimentos, era infindável a quantidade de monstros marinhos que povoavam a imaginação das pessoas).

Há um outro grande episódio aquático na Bíblia: o de Jonas, que, apanhado em culpa durante uma viagem de navio, é jogado ao mar e passa três dias no ventre da baleia, antes de ser por ela devolvido à praia. No destino de Jonas já se viu a própria figura do Cristo — sepultado três dias no ventre da terra antes de nos ser devolvido pela Ressurreição.

Naquela terrível viagem do *Titanic*, há, para o espectador de hoje, a certeza do mergulho fatal; mas nem por isso desistimos de ver a vida ressurgir das profundezas.

Um outro símbolo é o da Torre de Babel. Tomadas impressionantes, no filme, são as do navio todo iluminado, à noite, como imagem da mais perfeita tecnologia. Podemos nos orgulhar de algumas de nossas obras. Mas há um orgulho sadio, e um outro doentio; e quando o construtor diz que "este navio é insubmergível", sabemos, por ciência antiga, que não se deve dizer essas coisas, porque elas são um desafio às potências superiores.

Também há ali uma simbologia mais terra a terra: o elogio da juventude, que arrosta as convenções sociais; a demonstração de que gente muito empertigada acaba se dando mal; a idéia de que, no caso do velho capitão, é pura presunção achar que já se viu tudo o que havia para ver, que ninguém deve dormir sobre os louros etc.

Mas a simbologia última talvez seja a do navio que singra um mar tenebroso. O mar parece tranqüilo, mas sempre pode esconder um *iceberg*. Esta é a imagem da vida que transparece dos mais antigos mitos; a vida como uma viagem misteriosa, cheia de peripécias, que, de algum modo, vai chegar ao fim — assim como afunda inapelavelmente o Titanic. Esse fim pode acontecer por desastres espetaculares — por exemplo, o "Big One" que ameaça Los Angeles; ou, em tempos recentes, a ameaça nuclear. Mas também chega, muito prosaicamente, para cada um de nós.

Temos, cada um, o nosso apocalipse particular, que é só uma questão de tempo. Navegamos em águas plácidas, ou tempestuosas, até que chega o ajuste de contas. Que pode ser tremendo ou razoável, dependendo de como vivemos a vida.

Se apostamos na vida, se procuramos viver bem, em relação a nós e aos outros, a morte pode ser simplesmente uma passagem, como ensinam todas as grandes tradições da Humanidade. Mas se adotamos uma posição de superioridade, tomando conhaque e fumando charuto enquanto sofre o andar de baixo, o fim pode ser uma coisa ignóbil — mesmo quando protelado, que é o caso do jovem magnata que ficou sem a noiva e escapou sem a menor dignidade. Dele se poderia dizer, como no final de um conto de Borges, que era *inaccesible al honor*. E não há julgamento pior do que esse.

fevereiro 1998

Oficinas da criação

Nessa Páscoa que passou, fui à missa da Ressurreição numa igreja fora do Rio. Era até uma liturgia bonita, mas com essa impressão, que se tem modernamente nos cultos católicos, de que alguém está procurando alguma coisa, em matéria de rito, sem saber exatamente o quê.

Até que a liturgia terminou e, à guisa de despedida, o organista atacou um Bach. Que diferença... Não porque Bach seja Bach; mas porque ali estava alguma coisa realmente "composta", por alguém que sabia (e como!) o que queria fazer.

Este pode ser um critério para identificar a verdadeira *criação*. É claro que alguma coisa completamente "acabada" também pode ser pavorosa. Mas, de um modo geral, a criação inferior se caracteriza por um certa indefinição, por uma ausência de rumos e de sentido.

Alain, um dos maiores professores e pensadores que a França já teve, dizia a seus alunos, quando não gostava de um texto: "Está bom; mas não está escrito." Parece confuso; mas quem tinha talento entendia.

A verdadeira criação implica um alto grau de definição. Goethe dizia: "A autolimitação revela o mestre."

Já experimentou ler a Bíblia desde o início? Aquelas primeiras páginas, sobre a criação do mundo, podem soar, hoje, como história da carochinha. Mas o que importa realmente está dito ali: os gêneros foram criados com alto grau de definição. Como a gente aprendia na escola: reino mineral, reino vegetal, reino animal.

Eu sei, eu sei: depois disso se descobriu a evolução. Tudo bem, nem a Igreja põe hoje obstáculo a isso. Mas qual o alcance desses processos evolutivos? A natureza pode fazer um pescoço espichar aqui, um rabo encolher ali. Mas você já teve notícia de uma pedra que virou planta? Ou de uma planta que virou peixe?

A Criação, que o Gênesis descreve de uma forma tão poética, implica uma dose espetacular de definição. Não há nada mais definido que a cabeça de uma águia. Uma girafa também não pode ser imaginada como o término de um processo evolutivo. É uma criação tão pessoal quanto as de Salvador Dalí (que usou a girafa num de seus quadros). E uma garça: pode haver mecanismo mais perfeito, mais sofisticado?

De grau em grau, isso poderia nos levar à própria figura do Cristo. Tenho um amigo que é o espírito mais cristão que se pode imaginar. Mas, em algum momento do caminho, ele parece ter perdido a pista. Ele diz: "Tudo bem, o Cristo. Mas, e se isso for uma invenção?"

Não há muito como responder a esse tipo de dúvida. Nesses casos, só se pode sugerir uma visita aos Evangelhos, como se a gente nunca tivesse ouvido aquelas histórias. E, desses quatro livrinhos, o que emerge é uma figura impressionante, que romancista algum teria sido capaz de inventar.

O Cristo só é indefinido nas folhinhas. Só ali é que ele tem um ar, como dizer, um pouco indeciso.

Mas não no Evangelho. Se fosse para inventar uma história, quantos detalhes não se poderia inserir naqueles textos... Tentar, pelo menos, uma descrição pessoal, dizer que o Cristo era majestoso, belíssimo, que tinha a barba assim ou assado.

Nada disso acontece. Como pasto para a curiosidade, o Evangelho é de uma pobreza franciscana. E nem a história é contada em detalhes. Tudo acontece em algumas falas, que logo se destacam do tom às vezes relatorial dos evangelistas (excluído São João).

E dessas falas o que emerge não é o Cristo das folhinhas. É alguém que pode falar de amor como ninguém falou; mas que também pode ser severo como um profeta do Antigo Testamento. Uma presença real, não um mito.

Pelo Evangelho é que algumas pessoas chegaram ao Cristo. Outras chegaram pelos caminhos mais arrevezados — como São Paulo, que era perseguidor de cristãos até o dia em que foi, literalmente, derrubado do cavalo. Mas o importante é chegar; e, para isso, basta às vezes não trancar a porta.

Pois a verdade é que antes que o procurássemos, foi o Cristo que nos procurou.

abril 1998

A mágica dos limites

Primeiro livro da Bíblia, o Gênesis é lido, às vezes, como uma sucessão de histórias da Carochinha. Como acreditar na história de Adão e Eva, diz o crítico moderno, quando já sabemos que o homem surgiu de um lentíssimo processo de evolução? E no Dilúvio? E na Torre de Babel?

E, no entanto, bem naquele começo, estão algumas pistas para tudo o que vem depois. Por exemplo, o ponto que a serpente usou para levar Adão e Eva à transgressão.

"E Javé disse ao homem: podes comer de todas as árvores do jardim (do Paraíso). Mas da árvore da ciência do bem e do mal não comerás, pois no dia em que comeres, certamente morrerás."

"De forma alguma — diz a serpente. Deus sabe que, no dia em que comerdes, vossos olhos se abrirão, e sereis como deuses, conhecendo o bem e o mal." (O conhecimento do mal: estamos repletos dele. Terá valido a pena?)

Mas há um ponto anterior a esse, que é a própria proibição. Ela é anunciada de um modo enigmático. O Senhor do Paraíso não explica por que não se pode comer; só indica as conseqüências: "certamente morrerás."

É o bastante para atiçar a curiosidade de Eva; e é por aí que trabalha a serpente, "o mais astuto de todos os animais".

A proibição não poderia ter sido mais explicada, mais raciocinada? É o que desejaríamos. É o que sustenta toda a pedagogia moderna: "Não proíba, simplesmente; explique por que você está proibindo."

Mas o plano da Bíblia é diferente. Ainda hoje, muito do que está ali é um mistério, que coloca o ser humano diante de suas limitações. Não será exatamente este o objetivo?

Não é só a Bíblia que procede assim. Também acontece nas histórias de fadas, com a sua capacidade de dizer coisas importantes (pelo menos até o dia em que elas começaram a ser destrinchadas pela psicanálise).

Em quantas e quantas histórias encontramos uma proibição categórica: "Você pode fazer qualquer coisa, menos..." É a história do Barba-Azul, que dá à sua nova esposa todas as chaves do castelo, com uma interdição: "Você pode abrir todas as portas, menos uma..." Como Eva, ela também não resiste; mas, no conto, Perrault ainda consegue arquitetar um *happy end.*

O que está por trás disso? Certamente, um mistério, que cabe a cada um de nós enfrentar. É para isso que existe a Bíblia: não só para ensinar, mas também para sacudir o nosso conforto (e sobretudo o nosso orgulho) intelectual.

Mas também se encontra ali uma indicação preciosa, um desses segredos que interessam a toda a humanidade. O que o Deus da Bíblia propõe, já nos dias idílicos do Paraíso, é a noção dos limites, intrínseca à nossa condição. E é por imaginar que pode viver sem limites que o homem de hoje parece, às vezes, tão desorientado.

Não é um capricho divino: é algo que faz parte da nossa maneira de ser. E que significa, muito simplesmente: não somos deuses, como prometia a serpente. A partir daí, estamos obrigados a conviver com a consciência dos limites.

Isso tem um lado doloroso. "Cada criatura carrega consigo a pena de não poder ser uma outra coisa", escreveu um filósofo. Enquanto estamos procurando o nosso destino, imaginamos mil modelos. Este quer ser um grande atleta; o outro, um grande artista; ainda um outro, Aristóteles Onassis. Chega o dia em que temos de ser (ou de tentar ser) o que está inscrito no nosso programa vital.

É uma limitação; mas ao mesmo tempo é um caminho que traz a possibilidade da realização verdadeira.

Num maravilhoso capítulo de *Orthodoxy* que se chama "The Ethics of Elfland", Chesterton explicou por que é a noção dos limites que dá o sabor desta aventura terrena. A Terra é preciosa porque é única — e telescópios apontados em todas as direções ainda não descobriram outra fonte de vida semelhante à nossa. A pessoa querida é preciosa porque é única, irrepetível. E o ser humano é mais feliz num ambiente que reproduza um pouco as suas limitações — uma casa que não seja grande demais, uma paisagem que tenha um horizonte.

É fácil perceber o que há de errado com a arquitetura dos Estados totalitários, de Babilônia até hoje: ela perde a noção dos limites. Em sentido contrário, como são infinitamente simpáticas aquelas velhas cidadezinhas européias, onde tudo ainda está na medida do homem!

Nessa questão dos limites, o mais difícil é lidar com os desejos. Eles estão dentro de nós, como uma multidão inquieta — e isso é uma força propulsora. Mas só alguns deles poderão ser satisfeitos (em torno disso a mitologia grega teceu algumas belas histórias).

Por isso é que, desde a aurora da humanidade, os grandes pensadores insistiram em alguma forma de autodisciplina. Se você quer ter tudo, vai ser fatalmente infeliz. Você não precisa negar os desejos (a menos que seja um monge em plena ascese; mas, em algum momento, vai ter de se impor a eles; ou então eles é que se imporão a você.

Nisto é que reside o perigo da cultura hedonista em que estamos metidos. Ela se esmera em sugerir que, quanto maior o número de desejos satisfeitos, melhor é a vida.

Assim é com o erotismo, por exemplo. Mas de duas uma: ou os desejos não serão satisfeitos, o que gera frustração; ou, de desejo em desejo, você vai querer uma intensificação sempre maior do prazer. E então, do que é um prazer legítimo, pode ser levado às diversas formas de perversão (e não são normas técnicas aplicadas à Internet que vão resolver o problema).

A limitação é dolorosa; mas quem não aprende a canalizar o rio da vida acaba desembocando em áreas pantanosas. E isso é verdadeiro em todos os planos. O que é, por exemplo, a ecologia senão a redescoberta de uma espécie de moderação ou decência que deve presidir às relações entre o homem e a natureza?

novembro 1998

Este livro foi composto pela Textos & Formas, em Agaramond, e impresso por Hamburg Donnelley Gráfica Editora em outubro de 1999.